君は永遠にそいつらより若い

津村記久子

筑摩書房

目次

君は永遠にそいつらより若い

煙たい味のする雨が下唇に落ちて、わたしは舌うちをした。傘を持っていないし雨合羽も着ていない。湿気と寒さを我慢して、自分はいつまで掘ってられるんだろうと算段して周囲を見回し、手に余る敷地の広さに辟易しつつ、できるのかできないのかについては考えるのをやめることにした。

そもそもここが彼女の言っていた場所なのかどうかすらあやしい。駅からタクシーに乗って、南に向かって海岸沿いを流してもらい、最初に見つけた廃車置場がここだったから、衝動的に降りたのだ。

不確かな啓示に従ってここに辿り着き、正解でなくてもいいと諦めながらもわたしは、キオスクで買ったボールペン一本で、執拗に浅い穴をいくつも掘り返している。雨が溜まれば土が崩れて、穴は埋まってしまうように思われた。計画性もなにもなく地面を掘り返したものだから、そうなってしまえばどこをどれだけいじったのかわからなくなるだろう。

わたしは、イノギさんが十年ほど前にここでなくした自転車の鍵を探していた。イノギさんがわたしに探してくれとたのんだわけではなかった。探し当てたからといってどうなるというものでもなかった。今それを見つけるのを望んでいるのは、世界でわたし一人であると言ってもいいかもしれない。でもわたしにはそうすることが必要だった。彼女の前に立つためには。

土は泥になる直前の様相を呈して、わたしの深爪の中に入り込んで指先を汚していた。ボールペンでこそいだ穴を広げるために使っている左手の中指の爪を、右手の親指の爪先でこそぐと、汚れはそっくりそのままそちらの指に移動して、わたしは脱力した。

イノギさんのことを思い出しながら、わたしは更に掘った。彼女とどうやって出会ったのか、彼女とどのように関わったのかについて記憶を呼び起こすと、同時に他の何人もの人物が浮かび上がってきて、わたしは彼らといたことをゆかしく思った。河北がいなければアスミちゃんと出会うこともなく、吉崎君が河北ともめていなければ、わたしはアスミちゃんを部屋に連れ帰ることもなかった。アスミちゃんがいなければイノギさんに声をかけることもなかっただろうし、ヤスオカがうちにこなければ、イノギさんがあのことを切り出したかどうかわからない。穂峰君がまだ生きていれば、わたしは今ごろイノギさんといっしょにいたのかもしれない。少なくとも、疎遠になってしまうことはなかったのかもしれない。逆に会うこともなかったのかもしれない。

上の空でいたずらに穴を増やしたところで、やはりボールペンの先が石以外の何かにあたるわけではなく、自分の考えのなさにうんざりしながら、廃車場を横切って海へと流れ込む細い川沿いをぶらぶらし始めた。川はよどみ増水を始めていて、ちょっとした濁流になる兆候を見せていた。イノギさんはこの土手に倒れていたのだという。とにかく喉が渇いていた、とイノギさんは言った。手のひらを地面にくっつけると、雨の滲み始めた草むらはすぐに冷気をまといはじめた。わたしは、彼女の胸や頬に染み込んだであろう冷たさを思いながら、おそるおそる地べたに額を落とした。頭に血が上り、泥や小石が前髪にまとわりつく不愉快さに耐えられなくなり、わたしはすぐに顔をあげて、腕で額を拭いた。廃車場のほうに目をやると、わたしの掘った穴がなんの秩序もなく点在しているのが見えた。そのあまりの無軌道さと途方もなさに苛立ち、わたしは足元の地面を蹴りつけ始めた。

　それは、捜し物が見つからない焦燥というよりは、決して巻き戻すことのできない時の流れのすげなさへの怒りだった。そこにいられなかったからこそ、わたしは今ここで這い回って地面を掘り返しているのだ。わたしが仮にどれだけ正確にその場に立つことができたとしても、その場に流れた時間を遡ることはできない。わたしはそのことに悪態をつきながら、癖がついたように地面を蹴りつづけた。そこに憎しみの捌《は》け口が埋まっているような気がした。

　雨足は強さを増し、わたしはいよいよ自分が何をしているのか、何のためにこうしているのか、どこにきたのか、どこからきたのかが曖昧になり始めるのを感じた。その代わりに、こんなところで立ち上がれなくなることの痛みや無力感や、身体の表面に染み込む雨の冷たさを、いよいよなまなましく知覚するようになった。

　膝が笑うまで土手をけとばし、足首から力が抜けて、わたしはその場にしゃがみこんだ。カタバミの黄色い花が見えた。わたしは、自分のやっていることがほとほと生半可な所作であることを思い出し、肩を落とし、すがるようにその小さい花に手を伸ばした。

花弁を覆い、地面に触れた中指の先に、ひときわ冷たく、堅くとがったものを感じた。わたしは、爪の先に新たな泥を詰めながらそれを掘り出し始めた。

＊

イノギさんと出会ったときにはもう、わたしの就職活動は終わったあとだった。社会福祉主事の課程は三年生までに修了していたし、卒業までの単位もすべて取得していたので、地元の地方公務員試験の合格通知をもらった後のわたしの学生生活には、まったく予定なしの空白が残されているだけとなっていた。三年間休みなく勉強しつづけたというのに、県職員の採用試験に受かるとはまったく思っていなくて、企業も四十社ほど回った後のことだったから、わたしは半ば燃え尽きたように、バイトと学校と下宿を行き来するだけのぼんやりした生活をおくっていた。卒論があるにはあったけれど、テーマはすでに決めてしまっていたし、就活の面接などで何について書くか質問されることがあるともきいていたので、早いうちからある程度さまになったことが言えるようにぼつぼつと資料を集めて案を練っていたから、とりたてて、仕事が決まってから手のひらを返してがっつくように取り組む、という感じでもなかった。高校三年の春休み以来の暇を、ありがたがりながら持て余していた。申し訳程度のコマ数の授業と酒造工場の検品のバイトを交互に繰り返し、とっちらかった下宿でぼんやりしたり、うとうとしたり、ＤＶＤを見たり録り溜めたビデオを流したり、音源の整理をしたり、ネットで集めたグラビアアイドルの画像のプリントを切り抜いて、枕元の襖に貼り付けたりしていた。それらの暇潰しの中でも、最後のものが女としては際立ってへんだったが、わたしは女の人が好きだったので、わりと嬉々として、自嘲と興奮の一人遊びに興じていた。こちらを不安に陥れるような物語が薄いぶん、雑誌のヌードグラビアを眺めるのは昔から好きだったけれど、着衣のやらしさを追求する、いちおうアイドルの範疇にある人たちのグラビアは、より安心して見ることができたので、裸のもの以上に好きだった。計算され尽くした微笑を浮かべながら、無防備にからだをさらしている彼女たちをみていると、なんだかぼんやりと、心を撫でられたような気分になるのだった。これをとりまく世界はとてもちゃんとしている、整然としている、と強く思っていた。女の子たちとそれを売る人たちとそれをみる人たちの簡潔な相関図があり、それは、かれらの間でどんな感情の駆け引きがあるにしろ、とてもゆるぎないもののようにわたしには思えていた。現実はそんなものではなくもっと流動的で、頭の硬いわたしにはとても疲れるものだということを、わたし自身がどこかで拒みたい気持ちが、そういった行動の根拠にはあったのかもしれない。

アスミちゃんを一泊だけ部屋に泊めたのは、そういう生活にもちょっと飽きかけていた十月の終わりのことだった。苗字はその彼氏の河北（個人的な仲間内での通称はカバキ）にきいたことがあったようなかったような気がするのだけど、わたし自身はとにかく、ただアスミちゃんとしか記憶していない。アスミちゃんは、三年の夏休み前に、「起業する」と言って大学をやめた河北修一郎という男と付き合っていて、わたしはその河北とゼミが同じで、河北はよく飲み会に聴講生だというアスミちゃんを連れてきていて、河北は大学をやめたあともよくゼミの飲み会にきていて、外部のアスミちゃんも引き続き飲み会にいて、皆仲がいいから誰もそんなことにはかまわなくて、そのときはたまたま河北は飲み会には参加していなくてアスミちゃんは来ていた、といういきさつのさらに先で、わたしの下宿に一泊することになった。

それまでアスミちゃんと話したことはなかった。ゼミの飲み会には二回に一回しか行っていなかったし、わたしはだいたい、その日は欠席していた岡野百合子とつるんで、会の輪から少し外れた感じの男の子をつかまえて、本当のところブリーフとトランクスはどっちがいいのか、わたしは正直ブリーフに欲情するのだが君はどうか、そうか、迷惑か、悪かった、ところですんごいむかつく店に入ったときとかわざと壁とかに小水をひっかけたいとか思わない？　男の人はそれができるからいいよなあ、などとどうでもいい与太を浴びせているのが常だった。オカノは一人で立ち呑み屋をはしごするほどの酒好きだったが、わたし自身は、酒豪ばっかりの連中の中にあってほとんど飲めない。乾杯のときはとりあえず、コップの底から測って人差し指の第一関節ぐらいのところまでビールを注いでもらって、舌を引っ込めるようにしてむりやり飲みくだして、いそいそと突き出しをつまむ。くらげやこんにゃくなど、自分の好きなものが小皿にあって横にいる人が酒に夢中ならば、隙をついて失敬したりもする。あとはひたすら料理が出てくるのを待ち、片っ端から貪るのだ。その間の会話はほぼ自動操縦のような態で、ひたすらな相槌とよいしょと全肯定に徹する。食べ物がうまければ、いい人をまっとうすることに苦痛はない。おもしろい話が聞ければ儲けものだし、どんなつまらない話だって料理と一緒に飲み込んで、次の日に、これまた料理と一緒に仲良く水洗便所を流れていくのを見届けてやろうと思う。だいたいは話が胃に残って、話した当人だけがすっきりしているというのがほとんどなんだけれども。自分は便器か、結局自分が便器なのか、まあいいや、と自問自答しつつ、わたしはその日も横に座った人の突き出しをもらった。ゼミのOBの知り合いだというその人は、さる一流家電メーカーに研究職で入社し、寮に入ったものの、狭苦しくプライバシーが保てず食堂の飯もまずい、と困ったように眉を下げて、わたしのへったくそなお酌に付き合ってくれた。あさのさんというその人は、怒るでもなく、皮肉るでもなく、ただ困っていた。わたしはその様子にとても気持ちのいいものを感じて、この人とどうにかならないかな、と適当に思った。丸顔に質の柔らかい茶髪をのせて、おだやかに笑っているその人は、控えめにみてもとても自分の好みにあっていた。

八時から始まった飲み会は、二時間でお開きとなった。わたしは、最後から二番目のメニューである麦とろごはんをぐりぐりかきまぜながら、この先もどうにかあさのさんとつながっていけるようにと必死で思案しつつ、最近誰ですか、誰がいいですか、わたしは安田美沙子とやっぱりインリン・オブ・ジョイトイがありがたいんですけど、と勢い込んであさのさんに尋ねていた。わたしはあさのさんのぼんやりした愚痴をずっときいていたわけだけども、当のあさのさんが会社への不満を言い尽くしてしまったのか、会話が途切れがちになってきていたのだった。あさのさんはやっぱり困ったように眉を下げて、もう、そういうのチェックする暇とかなくて、と笑った。そうですか、とわたしは自然に口がひん曲がって、情けない、ばつの悪そうな顔になっていくのをとめられずに、麦とろごはんを粗暴にかきこんだ。ホリガイさんて変わってるね、とあさのさんは穏やかに言って、自分でビールを注いだ。

とても哀しかったのだった。また変わった女の子だと思われてしまった、とつらくなった。そんなふうには思われたくないのだった。個性には執着しないのだ。執着しないどころか、積極的になくしてしまいたいと思っている。けれどやっぱりわたしは、変なふうに思われてしまうようなことを言ってしまう。いつもそうだった。女としてどうしようもないのなら、せめてそちらの側に立って話ができますよ、といらぬ売込みのようなことをして、変わった子だ、という印象だけを植え付けてそれで終わり。

わたしは二十二歳のいまだ処女だ。しかし処女という言葉にはもはや罵倒としての機能しかないような気もするので、よろしければ童貞の女ということにしておいてほしい。やる気と根気と心意気と色気に欠ける童貞の女ということに。誰でもいいから何か別の言葉を発見して流行らせて、辞書に載るまで半永久的に定着させてほしいと思う。「不良在庫」とか、「劣等品種」とか。「ヒャダルコ」とか、「ポチョムキン」とか、そういうのでもいい。何か名乗りやすいやつを。「堀貝佐世でえす、東谷大学文学部社会学科四回生の陽気なポチョムキンでえす。どなたか暇な方、五千円でよろしく」などと無駄に元気に言って、そこそこのさめた笑いをとりたい。十人その場にいたらそのうち七人は、へらり、ぐらいの笑いはくれるはずだ。とりあえずわたしが手の届く範囲の世の中は、へらり、もくれないほど冷たいところではないと思う。基本的にはぬるま湯だ。いやほんといい意味で。このゼミもそうだった。

とはいえ、焦りを感じていないわけではなかった。いやそれは二十歳になった頃から感じていたのだ。二十歳では遅すぎる、ということに気付いたのは最近になってからだった。皆もっと早くに、そういうものだ、ということを自覚して行動を起こすのだ。クソガキから女になるのだ。そういうものってどういうもの？　と首を傾げる奴は、よほどの素質がない限り不良在庫予備軍だ。しくじった、と今は思う。イギリスのバンドが好きで、その真似ばかりしていた。女になるという発想以前に、彼らになりたいという願望が幅をきかせていた。眉を整える前に、鏡を見ながら憎々しげに直毛を引っ掻き回して、もっとくせのある髪質になりたい、不遜な口元になりたい、と顔を歪めていた。でも結局、そんな自分を責める気にもならない。選択のしようもなく、わたしはそうでしか在れなかったことがよくわかっているから。だいたい、わたしと同じようなことをしていても、器用な子なら持つべきものは持ってやることはやれているから。なんにしろ、わたしが並外れて不器用なのは、わたしの趣味のせいではなくわたしの魂のせいだ。

その日たまたま隣に座った感じのいいあさのさんを始めとして、わたしが、この人と結婚しよう、と思った相手は、二十歳からの二年間で十人はくだらない。その半分には実際に言ったと思う。最悪食わしてあげるよ、と言うと、皆が皆眉を下げて笑って、ホリガイさんは変わってるなあ、と言った。ただ一人、頼むよ、と言ってくれた男の子がいたけれど、その子はわたしと出会って半年足らずの十二月のはじめに、バイクの事故で亡くなってしまった。わたしが所属する社会学科とは違う文学科の、穂峰君という男の子だった。わたしは彼の告別式に出ることもなかった。なにしろ彼と飲み会で一緒になったのは一度きりだったし、亡くなったことをきかされたのはその一ヶ月後の、彼の話題がメインではない雑談の中でのことだったから。

穂峰君のことはとても印象に残っていた。なにしろ、その日彼は警察の取り調べから帰ってきたところだったのだ。下の階の子供がどうもネグレクトされているようだったので、自分の部屋にしばらく住まわせていたら、誘拐の疑いを掛けられてしょっぴかれたんだそうだ。なんとか事情を説明して事なきは得たけど、あの子が心配だ、と穂峰君は険しい顔で言っていた。その顔が、あまりにも見ていて息の詰まった苦しげな感じだったので、わたしは、人がいいってのはその人自身にはあんまりよくないことだよね、自分は地下鉄で席譲ったばあさんに、立ち方がだらしないって説教されたことがある、と場をほぐすためにくだらないことを言ってしまった。すると穂峰君は、表情を一変させて、怒り出すどころか声をたてて笑った。全然関係ない話じゃないか。そう穂峰君は言いながらも、わたしがしょうもない話をした意図をわかってくれたようだった。

まあでもねえ、おれはそういう損しちゃう人が好きだ、なんていうか、なんに対してってわけじゃないけど、うまい人よりへたな人のほうがおもしろいよ、と穂峰君は手酌で焼酎を注ぎ足しながら言った。それこそ損だよ、へたうってばかりの自分だからこそ、うまい側にあやからないと、と反論すると、どうせ心にもないんだろ、そんな考え、と穂峰君はにっと笑った。わたしは、言い当てられてしまった感じがして、言葉を返すことができなかった。それ以来わたしは、一日にだいたい十五分ほどをさいて、穂峰君のことを考えるようになった。会いたいなあ、会いたいなあと思いながらも、引き合わせてくれた幹事にそのことを切り出せず、明日会わせてくれと言おうと決めた次の日に、亡くなったことを知った。言葉もなかった。

死んでしまったから心に残るのか、まだ生きていたとしてもそうなのかはわからないけども、彼はわたしの中でも、特別な位置を占めていた。けれど、だからといって彼はもういないのだ。彼のことを考えていたって、わたしは脱不良在庫できるわけではないのだ。あまりに残念なことだった。

まあ、ホリガイさんも最後にどうぞ、とあさのさんの声がして、一瞬のうちに、考えに沈んだわたしの意識が引き上げられた。あさのさんはわたしの小皿にねぎまの焼き鳥を分解して置いていた。あさのさんもあさのさんでわたしの落胆を感じ取ってくれていたようで、とてもうれしく感じた。それだけでいいような気がした。

会はお開きになったが、わたしがあさのさんへのつてを得ることはいっさいなかった。居酒屋の前にぞろぞろ突っ立って、誰かが吐く直前のような唸り声をあげているなかで、幹事が二次会に参加するひとを数えていた。わたしが手を上げるか上げないか迷っていると、あさのさんは、おれ明日早いから、と告げて笑って、閑散とした商店街を駅のほうへと消えていった。わたしはぼんやりとそれを見送って、隣にいた女の子に、あの人の携帯の番号知ってる？　と尋ねた。

「なんなんホリガイ、ずっと横におったやん」

「喋るのが楽しくてきくのを忘れてた」

それは誇張だった。わたしがあさのさんの携帯番号をきいた布施野さんは、ヘタレやなあ、ホリガイは、とさらに横にいた幹事にあさのさんのことをきいてくれたのだけど、幹事は布施野さんの疑問にまったく関係のない問いかけで答えた。

「フセヤはさあ、二次会でんよなあ。下宿やっけ？」

幹事は、商店街のタイルの上にへたり込んでいる女の子を、目元は心配そうな感じで、口元は迷惑そうに歪めて首を振って指した。布施野さんは、あたしは実家、東向日、とうんざりした様子で答えた。

「パンツ見えてるけどいいの？」

と、へたり込んでいる彼女の様子をのぞきこんで指摘すると、布施野さんは、見んなよもう、と呆れたようにわたしの肘をつついた。

その子がアスミちゃんだった。パンツの色はなぜだか思い出せない。

アスミちゃんは急性アルコール中毒の様相を呈しており、結い上げた茶髪のあいだから見える首筋は真っ白で、少し震えながら狭い肩を竦《すく》めていた。

幹事の吉崎君は、わたしにも下宿かそうじゃないかを確かめたそうにしていながらも、なかなか口には出さなかった。だいたいの男の子はわたしに対してこういう腰の退《ひ》けた態度をとる。その理由のひとつとしては一七五センチもあるわたしの背の高さもあっただろうし、どこかで、一年の時にわたしがやたらにお笑いを語りたがる男を、昭和のいる・こいるはおもしろいのかどうなのかという話で相当やりこめた、というのが伝わっているのかもしれなかった。わたしはもちろん、おもしろいということを主張するためにありとあらゆる角度から検証し、こいる師匠のギャグまでやったのだけど、彼はしまいに怒り出してグラスをテーブルに叩き付けた。わたしもいらいらしていたので、おまえ河原町の本屋で小学生のフィギュアついてる雑誌買ってただろ、とあてこすると、彼はものすごい形相で否定し、わたしに大根サラダの残りをぶつけて居酒屋を出て行った。吉崎君がそこにいたのかどうかについては知らない。ちなみにウェブで確認したところ、彼が買っていたのは、小学生の女子が路上で小用をしているフィギュアだった。制服は着脱可能らしい。

そのきっつい出来事を、吉崎君が知っていたら悲しい、とその時には思ったし、アスミちゃんのパンツが見えっぱなしなのもすごくかわいそうだと感じた。なのでとりあえずかがみこんで、アスミちゃんの花柄のシフォンのスカートを膝まで下ろしてあげた。アスミちゃんは微動だにしなかった。

あんた幹事やからなんとかしたげえよ、と布施野さんが言うと、だって河北の彼女やろ、と吉崎君は答えた。河北の彼女だからなんとかするのに気が引けるのか、それとも、河北の彼女だからなんとかするのは嫌なのか、どちらとも取れる声音だった。河北には連絡したの、と布施野さんがきくと、さっきから電話してんやけどつながらんねん、と吉崎君以外の誰かが口を挟んだ。

「うちに連れて帰るよ」

とわたしが顔を上げて言うと、吉崎君の顔がぱっと明るくなった。そんな、悪いよ、ホリガイさん、と口では言いながらも、吉崎君の頬は溢れるような安堵で弛《ゆる》んでいるように見えた。うちは四条だし、ほんと近くだから、とさらに申し出ると、吉崎君は、じゃ、おれいったんホリガイさんちまで運ぶの手伝ってそっから合流するわ、と周囲に言って、よいしょ、とアスミちゃんを引き上げた。受け入れ先さえ決まれば、そこに辿り付く手段はいくらでも提供しますよという次第なんだろう。現金な態度ではあったけれど、おおむねはいい人なんだな、と思った。これが、アスミちゃんじゃなく布施野さんだったら、わたしなんかに頼らずに自分ひとりでなんとかしたのかな、とも思った。

あたしも行こうか、という布施野さんの申し出を断って、吉崎君はアスミちゃんを背負って、わたしはアスミちゃんの口元をテレクラのチリ紙で拭きながら、居酒屋の前のごちゃごちゃを後にした。ゲロと香水のにおいがして、いたたまれなくなって、ずっとうつむいたまま歩いていた。これに耐えるごほうびに、またあさのさんにあわせてくださいよ、とわたしはだれにでもなく願った。当然そのようなこざかしい取り引きが巡り合わせに受け入れられることはなく、あさのさんとの再会は叶えられることがないまま今日に至る。

吉崎君は結局、わたしの下宿の布団にアスミちゃんを寝かしつけるところまで手伝ってくれた。友人オカノに「地獄」と評されたとっちらかった下宿に、吉崎君を入れることには少し抵抗があったけれど、もう卒業までそんなに日もないんだし、なにより吉崎君が最後まで手伝うと強く希望したから、少し酔っ払っていることもあってか、深く考えずにどうぞどうぞとアスミちゃんを背負った吉崎君を部屋にあげた。

　吉崎君がアスミちゃんの世話を一人ですることを嫌がった理由は、帰りの道すがらにわかった。眠り込んでいるアスミちゃんを始めとして、わたしにも吉崎君にも一語とない四条通沿いの夜道で、吉崎君は、ふと思い出したように打ち明けた。

「こんなこと、ホリガイさんにゆうてもしゃあないことやけどさあ、河北が、おれの彼女にちょっかいかけたことあるねん」

　吉崎君は、車の通行音にかき消されそうな声で、ぼそぼそと言った。彼はそれ以上、そのことについては詳しく述べなかった。けれど、そうであるがためにわたしは、吉崎君にとってどんな言いたくないことがあったのかなんとなくわかるような気がした。わたしはしばらく何も言い返すこともできずにいながら、歩行者信号が赤から青になるまで、なんとかあたまを働かせて言葉を繰《く》った。じゃあさ、うちの下宿でこの子をチョイカキしちゃえばいいよ、通報しないし、と大変品のないことをやっと言うと、あほかい、と吉崎君は笑ってわたしの肩をぶった。

「その彼女とは別れちゃったの？」

　つとめて何も含ませないように気をつけながら、そんなことを訊くと、吉崎君はしばらく口をとがらせて黙りこんで、「付き合ってるよ。就職して三年もすりゃ結婚したいなあって思ってるよ」そう難しい顔をして答えた。「だから極力、河北の影をちらつかせたくないねん。おれのまわりにも、あの子のまわりにも」

「でもさ、そのわりにはちゃんとおんぶとかして連れてきてるじゃない、河北の彼女なのに」

「それはホリガイさんに悪いからさ」と吉崎君はばつが悪そうに言って、こっち曲がんの？　とわたしがあらかじめ指定したローソンの角を首で示した。わたしがうなずくと、吉崎君は大儀そうにアスミちゃんを背負いなおして、わたしの下宿のある狭い路地へと曲がっていった。「このへんすごい暗いな、街灯あんまないんやな。気いつけや」

　吉崎君の言葉に、うん、とだけわたしは返事をした。わたしはこの路地で、痴漢を傘でめった打ちにして、おまけに回し蹴りも当ててしまったりしてやっつけたことがあるのだけど、なにか余計な口を挟むのはとても失礼なことのような気がしたので黙っておいた。買ったばかりのスチールトウのエンジニアブーツでみぞおちを蹴られたあの人の痛さを思うと、自分がやったくせに今でも寒気がする。いちおう通報はしたのだけど、それからは仕返しがこわくて、一週間ほど部屋から出ることができなかった。結果的に、わたしの住んでいる町内を騒がせていた痴漢騒ぎは、それ以来ぷっつりと途絶えた。

きったない部屋やなあ、と吉崎君は電気をつけるなり、呆れたように言った。洗い物の山が、外出の間に動かしていた洗濯機の上から滑り落ちたようだった。上がり口にいきなりブラジャーが落ちていて、わたしはその金具を踏んでしまって絶叫した。吉崎君におぶわれているアスミちゃんは、その声に薄目をあけてこちらを見遣ったけれど、またすぐに眠ってしまった。吉崎君は見て見ぬふりをした。

アスミちゃんを布団に落ち着けて、人心地ついたので、ソイごまラテつくるよ、と申し出ると、なにそれ、と吉崎君は肩を回しながら訊いてきた。黒ごまペーストを豆乳でわったやつ、と答えると、吉崎君はホリガイさんて変わったもん飲んでるな、と首を傾げた。そのとき凝《こ》っていたのだ。頭痛にいいんだそうだ。わたしは頭痛もちではないけど。吉崎君は、これからまた飲みにいくから、と形だけでもすまなさそうにわたしの申し出をことわって、のろのろと立ち上がって、わたしの下宿を後にした。

次の日は昼過ぎからバイトで、それまでは何も予定がなかった。とりあえず一風呂浴びて、テレビをつけて、黒ごまをすり始めた。冷蔵庫をのぞくとホイップクリームがまだ残っていたので、わたしは、このうえなく幸福な心持ちでごまをすってペーストを作った。布団を掛け直してやると、アスミちゃんは、瞼を痙攣させながら寝返りをうった。わたしは、部屋の電気を豆電球にして、テレビの前に座り込んでごまをすりつづけた。テレビの音はしぼっていたので、ゴミ溜めのような部屋には、ごりごりごりごりというごますりの音だけが、居心地悪げに鳴っていた。

ほとんど知らない女の子を部屋に上げるにあたって、気を遣いまくるのも、気を遣わないのも、どちらも居心地が悪いように思えた。ふと、枕カバーにゲロのにおいがついたらどうしよう、と冷や汗までかいたけども、あ、そうか、枕をひっくりかえせばいいのか、と考え付いてわたしはまた心の平穏を取り戻した。具合のよさそうなどろっとした感じにすれてきたごまペーストと豆乳をジューサーに掛けて、ホイップクリームを山盛りに盛って、ほくほくとテレビの前に戻ると、アスミちゃんが起き出してきた。

「ここ、どこ?」

「四条新町通」

どこ? と言われても、どうせわたしのことは知らないだろうし、返答に困ってとりあえず住所を告げた。アスミちゃんは、何かのパイ包み焼きを連想させるボリュームの大きい髪をかきながら、鬱陶《うっとう》しそうにわたしのほうを見た。化粧が乱れて、口紅が頰に少しはみだしていた。

「だれ?」

「わたしは河北君の友達だけど」そう言うと、アスミちゃんは眉を歪めてあからさまに不愉快な顔を作った。それはわたしが女だからだろうけど、ブラジャーの金具を踏んだにもかかわらず結局そのままにしておいたようなどうしようもない女と、二十二歳で月収八十万だという河北との間に、何かあやしい関係があるとでも思うんだろうか。あるわけないだろうよ。「うちのゼミの飲み会で気持ち悪くなったことまでは覚えてる?」

アスミちゃんは、自分の髪を梳《と》きながらゆっくりとうなずいた。テレビの光に照らされて、アスミちゃんの顔はいまだ死人のように青白く見えたので、わたしは説明を止めて、水とか飲む？　と問い掛けた。アスミちゃんは、がくんと首を深く縦に振った。ミネラルウォーターを切らしていたので、水道水だけど、と言ってコップをわたすと、アスミちゃんは無言で受け取ってものすごい勢いで飲み干した。

「急アルだったみたい。河北君と連絡取れなくて」と部屋の電気をつけながら説明すると、アスミちゃんはまた深く頷いた。「皆二次会行っちゃって、でもわたしは行かないし、部屋がたまたま近かったから連れて帰ってきたんだけど、ご迷惑でした？」

アスミちゃんは首を横に振って、バッグをごそごそして携帯電話を取り出した。わたしは、少しぬるくなってごまが沈殿したソイごまラテをすすりながら、またテレビ鑑賞に戻った。二十二時のニュースが始まっていた。ホイップクリームの山を崩さないように、長いスプーンで底をかきまぜながら、徐々にうすい灰色になっていくラテを眺めてにやにやしていると、うしろの方から、ちくしょうっ、という罵声がきこえた。

そこそこきれいにしている女の子が悪態をついているところに出くわすのは本当に怖い。本人が自覚している口に馴染んでいる感じと、受け取り手における、若い娘さんが何を、という意識の間にずれがあるからだ。

その時もわたしは、教科書どおりに、なんだ突然若い娘さんが、とびっくりした。おそるおそる振り向くと、アスミちゃんは畳に携帯を叩きつけて、体育座りになってすすり泣いていた。またパンツが見えてしまっていて、わたしはいたたまれない心持ちでホイップクリームをひとさじ舐めた。

「河北と連絡取れたの?」

おそるおそる訊くと、アスミちゃんは鼻をすすりながら激しく首を振った。パイ包みのような髪が崩れて綿菓子になり、崩れた綿菓子は、ざらめの色を残したまま、機械の中の作りかけのように乱れていった。わたしは、ソイごまラテのコップを片手にもったまま、うろうろと部屋を探し回り、箱ティッシュを発見してアスミちゃんの前に置いた。間髪いれずアスミちゃんは、ティッシュを立て続けに数枚とって、それに顔を埋めた。

「河北となにかあったの?」

というわたしの問いには、アスミちゃんは、両手に置いたティッシュの上にしばらく顔をおいたまま微動だにしなかった。クレンジングオイルは洗面所にあるから、顔洗ってきたら、と声をかけると、アスミちゃんはさっと立ち上がって、やけくそな足音を立てて部屋を出て行った。

やがてアスミちゃんは戻ってきて、そこから長い話が始まった。おもに河北の話だった。

わたしと、アスミちゃんの彼氏の河北とは、何ヶ月かに一回ほど、食事をおごってもらうかわりに話を聞く間柄だった。河北は、なぜだか、話し相手としてのわたしを気に入っていたのだった。話を聞く、というのはあくまでわたしの主観で、河北自身は単におしゃべりをしているという程度の認識だったと思うのだけれど、わたしの記憶の範囲内では、わたしの言ったことに河北が二言三言以上の反応を返したことはない。

河北とは、一年のときに基礎講読が同じになって、そこから河北が退学する三年の終わりまでずっと同じゼミに所属していた。入学者をランダムに割り振って寄せ集められるクラスにはなんの色もついていなくて、地味な子や派手な子、真面目な子や不真面目な子、変わった子やそうでない子、それぞれの要素のさまざまな組み合わせをもったいろいろな子がいた。ここに挙げた三つの対称の組み合わせで学生のすべてが決まると言いたいわけでは毛頭ないけれど、自分なりに大雑把な参考にはしてきたので、河北についての説明の入口ではこの組み合わせの話からするとしよう。わたしと河北をこの要素で比較すると、わたしの入学当時のステータスは、地味・不真面目・変わっているといった感じで、不真面目は紆余曲折を経てやがて真面目になった。河北は派手で真面目で変わっていた。いつか、河北がお高い友禅のアロハを着ていたとき、わたしがあまりにも羨ましがったので、次に会ったときに洗濯したものをくれようとしたことがある。わたしはそのとき、九百八十円のボーダーシャツを着ていた。アロハ寄付の申し出は、なんだか、自分と河北の親しさの度合いから考えるとバランスが悪いような気がしたので断った。なんか変わった人だなあ、とはそのときから思い始めた。真面目というのは、課題をちゃんとやるとか、遅刻をしないとか、受講態度がいいとか、そういう面のことでもあるけれど、河北の真面目さは「自分がどうやって成功するかを常に考えている」という一点に尽きた。わたしと同い年なのに、「成功」なるものが視野に入っているところに感心した。わたしの「成功」のイメージは、中学のときから一貫していい老人ホームに入ることだ。河北にはヴィジョンがある、と河北に摘み食いされた女の子が、結構うっとりと言っているのをきいたことがある。そしてわたしは、河北自身の口から、彼女とはあんまり気乗りはしないが、フェラチオはさせた、という話をきいたことがある。残酷な話だ、とその二つの発言が合致した時にわたしは思った。事象そのものがどうというわけではない。そういうことは性別をたがえ年齢を変え、地球上でいくらでも起こっていることだろう。わたしがなによりも残酷だと思ったのは、わたしなんかが彼らの事情をすりあわせる立場にあるということだった。わたしがこの不幸を自覚したあたりから、河北もわたしを話し相手として認めるようになった。なんだか皮肉な話だと思う。

　クラスのほかの女の子はどうだったかは知らないけれども、わたしの友達からの河北の評判は芳しくなく、手にあたる女の子をあ行から順に食っていくという噂に基づき、名前のもじりと十数年前の海外での日本人旅行者強姦事件の容疑者の名前をとって、「カバキ」というあだ名をつけていた。いくらなんでもひどい名前だとは思うのだけど、わたしのグループの連中は、わたしも含めて底意地の悪い女ばかりだったので、なにかというと、カバキがさ、うわカバキひど、と学食で駄弁《だべ》りあったものだった。ホリガイがカバキとメシを食いにいっている、というのは、そういう連中にとって話のネタとして歓迎すべきことだったと思う。わたしも、河北から口止めされた話題以外はすべてといってもいいほどその場に提供していた。なので、河北が退学するときいたときに、河北をカバキと呼んでいた人々は、なんとはなしにがっかりし、寂しくも思ったものだった。ゴシップの対象として、多大なる愛情を注いでいたからだった。

明け方まで自分の生い立ちやら河北との愛憎について吐露して、わたしの隣で眠り込んでしまったアスミちゃんは、そんな河北の今の彼女だった。わたしは、いくつかの河北に関する自分のかかわり方を思い出して、なんだか申し訳なく感じていた。

シュウのことがわからない、とアスミちゃんは膝を抱えていた。シュウの心には私が触れられない部分がある、とアスミちゃんはわたしの布団で涙を拭いた。わたしは一瞬、アスミちゃんによる河北の呼び方がわからなくて、それカバキのこと？　ときき返してしまった。アスミちゃんは、ものすごい目付きでわたしのことを睨みつけた。

アスミちゃんの生い立ちに特殊なところはない。不登校だったそうだ。自宅に寄り付かず、自宅の人々も彼女を連れ戻そうとせず、男を騙したり騙されたり、貢いだり貢がせたり、殴ったり殴られたりのあと、ややあって河北に出会った。河北は学内の学生として、アスミちゃんは聴講生として同じ講義を受けていて、声をかけられたのだという。ニーチェに関する講義だったそうだ。最初は遊びだったけど、気がついたら本気になっていた。なのに河北の底は知れないままで、女とカネの間をさ迷い歩き、自分を顧みてくれる時とそうでない時がある。アスミちゃんはそういったことを、かなりの時間をかけてわたしに話した。

先月の時点で、河北はアスミちゃん以外に付き合っている女性がいるというようなことを言っていた。わたしは、アスミちゃんの話を聴きつつ、そのことを思い出しながら、河北が浮気をしていることを密告するべきかやめておくべきか迷っていた。そしてはたと、昔自分が第一志望の大学に落ちたときに、先に合格発表の電報をもらって、メールでわたしの不合格を知らせてきた友達をはげしく恨んだことを思い出して、他の女性の話はしないことにした。訃報は単なるメッセンジャーも敵に変えることがある。でもそのメッセンジャーにだって、多少無神経なところがあるから訃報を伝えられるんじゃないかとも思う。訃報を持つことはただそれだけでババを引いたのと同じだ。その自覚がない人だけが逆恨みされればいいのだ。わたしはなにより気遣いの人でいたいのだ。

話の間じゅう、十五分に一回、タバコない？　と訊かれ、首を振ると、また十五分話して、近くに自販機とかない？　と訊かれ、ない、と答えると、また十五分泣きじゃくって、本当にない？　と訊かれ、悪いけど、と答えると、こんどは十五分悪態をついて、買ってきてよ！　とわめかれたので、夜中の三時に自転車を出して買いに出た。銘柄はマルボロのメンソールだった。煙草があるとアスミちゃんはすっかり落ち着いて、ホリガイさんがいてよかった、と目を潤ませてわたしを見遣って、肩にあたまを乗っけてきた。

不思議な感じがした。女の子にも男の子にも、わたしはそういうことをされたことがない。ホリガイさんがいてよかった、とはよく言われるけれど。レポートの代筆をしてあげたとき、廃盤になっているCDを貸してあげたとき、一晩じゅう誰かの愚痴を聞いてあげたとき、などなど。アスミちゃんの場合は最後のパターンにあてはまるのだろうけど、こういうふうにくっついてくる人はいない。たいていの人は牛丼をおごってくれたり、お菓子をくれたりする。習慣の問題なんだろうと思うんだけども、にしてもこういうことが自然にできる人は牛丼やお菓子の人よりもてるだろうなあ、とわたしはぼんやり思った。

河北に似ていないこともない、とも感じた。河北にもそういうところはあった。さんざん勝手をして、ののしり混じりに好きなことを言っても、最後の最後、自分が他者を必要になったときに、一瞬で誰かの心を調達してしまうような。代返、考査の日程について、レポートのネタ本、課題の小論文の代筆、大学生活のおよそ半分以上を、河北は他人でまかなっていた。わたしはねぎらいの言葉にとにかく弱いので、簡単に引っ掛かってしまうけども、男の子たちなどはそうでもなくて、あいつは都合よく人を使いやがる、とよく陰口を叩いていた。

わたしはそんなことを思いながら、アスミちゃんに肩を貸していた。アスミちゃんはときどき、鼻をすすったり悪態をついたりしながら、ホリガイさんが飲んでたあのグレーのやつ、なに？　と訊いてきた。わたしが、まってましたとばかりに、ソイごまラテの効能について、マグネシウムが、リノール酸が、セサミンが、畑のお肉とのハーモニーが、と丁寧に説明すると、アスミちゃんはにっこり笑って、ホリガイさんて頭いいね、と言ってくれた。わたしは単に、ネットで拾った知識を受け売っているだけなのだけど、あたまがいいと言われるのは本当に悪い気がしないもので、いそいそとソイごまラテを作って、いちばんきれいなグラスに注いで、ホイップクリームもたくさん盛って、わたしの布団の上にちょこんと座っているアスミちゃんに渡した。

おいしい、とアスミちゃんはひと啜りして言った。

シュウと別れようと思う、とアスミちゃんはグラスの底に溜まったホイップをかきだしながら言った。

電気を消したあとも、わたしは長い間眠れなかった。隣のアスミちゃんの寝息は、絹のほどける音のように聞こえた。他人の温度がそこにあることよりもなによりも、わたしにはそのことが気に掛かった。

次の日のバイトは昼の一時からで、目覚ましはその二時間前にかけていたのだけど、その日は携帯やステレオが鳴り出すまえに起き出してしまった。自分以外の人がいるところでは、よく眠れないのだ。友達の下宿で雑魚寝《ざこね》している時もそうだ。たいてい、わたしがいちばんに起き出して、音を絞ったテレビをぼんやり眺めていると、誰かにシャツを引っ張られて、チカチカするから悪いけど消してもらえる？　と頼まれる。しかたなく玄関の電気をつけて、固い床に寝転んで本を読む。そうすると、トイレに起きてきた誰かに、あんたなにしてんの？　と不思議がられて腕をちょっと踏まれる。

けど今日は自宅だったたし、そこまでしなくていいかと思った。ふと義務感に駆られて、「まいどおつかれさんです。アスミちゃんは無事寝てます。昨日の豚角煮胃に残るね」と吉崎君に初めてメールを打ち、返信を待ちながらしばらくぼんやりしていた。そいや吉崎君はソニック・ユースのTシャツを着ていたな、と思い出して、ステレオの脇に裏向きに重ねてある裸のCDのタワーを上からすくい、一枚ずつたしかめて目当てのバンドのCDを探し出し、スロットに入れた。ヘッドホンのピンをジャックに突っ込んでいると、携帯が震えて、吉崎君からの返信を知らせた。「俺は気がついたら烏丸と河原町の連絡通路で座って寝てました。アナルがつめたいです。昨日はありがとう」とのことだった。わたしは、今CD聴いてんだけどね、とソニック・ユースのことについて吉崎君にメールしようとして、でもシャツのことを説明するのがおっくうで野暮に思えて、けれどその説明をしないことにはなんの脈絡もない内容なので、携帯を置いた。もっと好きなバンドだったら、熱心に声をかけたのになあ、と少し残念に思った。

ヘッドホンをいいかげんに装着して、のそのそと頭を振っていると、完全にアスミちゃんのことを忘失してしまっていた。ぼそぼそと口ずさんでいるつもりが、知らないまに大声で歌っていたらしい。アスミちゃんに肩をつかまれて、わたしは、うぎゃあっという声を上げて頭からヘッドホンを振り落とした。アスミちゃんはとうにメイク済みの覚め切った目でわたしを見遣って、ライターなくなったんだけど、一緒に探してよ、と掠れた声で言った。

わたしは、途端に部屋が散らかっていることを恥ずかしく思い、部屋中を引っくり返して、這いつくばってライターを探した。アスミちゃんはその間じゅう、自分のバッグの中身をばらして床に並べて、それをバッグにしまって、また中身を床にばらす、という動作を繰り返していた。わたしはなんだか、アスミちゃんのその様子に胸を締め付けられるようなものを感じながら、布団をたたみ、座布団をめくり、座椅子をたたんだりひらいたり、あるはずもないのに、自分の通学用のメッセンジャーバッグの中身もぶちまけたりした。ライターは結局洗面所で見つかった。一度起きて洗面所で喫煙したことを忘れていた、とアスミちゃんはこともなげに言った。排水口に吸殻と灰が溜まっていた。どこに棄てたらいいかわからんかったから、とアスミちゃんは人差し指と親指で吸殻をつまんで、わたしの手のひらの上に置いて、首を傾げた。わたしは力なく笑って、吸殻を汚物入れに棄てて、朝ごはんにしようか、と場つなぎのように言った。おなかすいてない、とアスミちゃんはライターを受け取った。

アスミちゃんがわたしの布団の上で一服しているあいだ、わたしはベーコンを炒めてスクランブルエッグをかきまぜ、トーストを焼いていた。こんなにちゃんとした朝ごはんを作ることはめったになかったけれど、家を出るまでにはまだ時間があったので、大きめの皿に作ったものを盛り付けて、最後にピクルスを添えて手を合わせた。

ちゃぶ台についてテレビを観ながらトーストをかじっていると、ピクルスなんか食うの？　とアスミちゃんは皿をのぞきこんだ。食うよ、とわたしがぼりぼり噛んでみせると、あたしはマクドでもピクルスは抜いてもらう、と顔をしかめた。ビネガーのクエン酸がいいんだよ、と言うと、もういいって、とアスミちゃんはさらに表情を歪めた。かまわずにスクランブルエッグに塩コショウしていると、アスミちゃんは、ベーコン、ちょっとちょうだい、とひょいと一枚とって口に放り込んだ。

結局、アスミちゃんはわたしと同じような朝食をピクルス抜きでとった。こんなちゃんとした朝飯食ったの家にいた時以来、とアスミちゃんは屈託なく笑った。わたしは、前の夜にはなにか心を動かされるものがあったアスミちゃんの笑い顔に、驚くほどなにも感じないでいながら、それはよかったね、と事務的に言った。アスミちゃんは、ライターのこと、ごめんなさい、と唐突にあやまってきた。気にしてないよ、と言うしかなかった。

その後は二人とも無言で朝食を終えて、わたしは手元にあった三ヶ月まえのクーポン誌をぱらぱらめくり、アスミちゃんはぼんやりと煙草を吸い始めた。

「なんであんなにグラビア貼ってあんの」

アスミちゃんは、高く煙を吹き上げて、わたしの枕もとを指差した。わたしは、途端に顔に血がのぼるのを感じながら、でももう関係ないじゃないか、もう今日限りじゃないか、と自分に言い聞かせて、暇だからかなあ、と答えた。アスミちゃんは何もいわずに、咥《くわ》え煙草で布団の上を這っていって、女の子たちの笑顔に彩られた不規則なモザイクの角を見つけ、爪先でこそいだ。

アスミちゃんがわたしの部屋で興味を示した最後のものは、フランスのイラストレーターのメビウスのプリント画像の貼り付けだった。アメコミとか好きなの、ときかれて、それはフランスの人のだよ、と答えると、ほんっとうに暇そう、とアスミちゃんは笑い声を立てて立ち上がり、その切り貼りの角も爪でめくった。

ひっぺがさないでね、と声をかけようと顔を上げると、アスミちゃんの携帯が鳴った。着信メロディを聴きわける間もなく、アスミちゃんは目を輝かせて、シュウ！ととても澄んだ声で河北の名前を呼んだ。わたしはほっとして、アスミちゃんの明るい相槌を聞きながら、バイトに向かう支度を始めた。通学用のカバンから財布と携帯電話と定期を取り出して、バイトに行くときにいつも持っているトートバッグに入れ、薄手のコートを床から拾い上げてスカーフを巻いていると、アスミちゃんと目があった。アスミちゃんは目をそらして、でもシュウのことがわからない、と蚊の鳴くような声で言って、うつむいた後しばらく黙り込んで、やがて指先で涙を拭き始めた。

手元の携帯電話を見ると、いつものこのシフトの日ならば玄関に座り込んでブーツの紐を結んでいる時刻になっていた。アスミちゃんの通話は、沈黙したまま一向に終わりそうにもなかった。この部屋の鍵はひとつしかなく、この人は今日限りの他人であり、だから、鍵を預けて好きなときに出ていってもらうのも、わたしが帰宅するまで部屋にいてもらうのも、どちらもよくない。

駅で電車に乗りこんでいる時刻になり、ようやくアスミちゃんは言葉を発した。シュウ、と名前だけを呼んだ。わたしはなんだか、昨日からずっと、そのシュウという人と河北のあいだにあるものを等号にできずに、不思議な違和感を持ちつづけていた。それは思い入れの差なんだろうな、と気休めに分析しつつも時間は迫り、そんなちょっとした自分への欺瞞もままならなくなってきた。

ようやくアスミちゃんは通話を切って、涙に濡れた目でわたしを見上げた。わたしは突っ立ったまま、スカーフを巻いてコートを着てトートバッグも肩から掛けて、と九割がた完璧な支度をしていて、今日はブーツはだめだ、スリッポンだ、と算段していた。わたしがバイトしている工場は、くるぶしより下の高さしかない靴を禁止しているのだけど、今日は寝ぼけていて間違ってはいてきてしまったと言ってごまかすしかない。

「シュウ、来れないんだって」とアスミちゃんは赤い目で、やりきれなさをわたしに押し付けるように声をつまらせた。「ここ、ぜんぜんわかんないから送って」

バイトが、と言おうとしたのに、わたしは降参してしまった。アスミちゃんが説明した河北の部屋は、わたしが働きにいく方向と反対で、よく知らない系統のバスで一本なんだそうだ。

勿論バイトには遅れた。ブラピのような訪問販売に口説かれていた、交尾を凝視していたら野犬に追いかけられた、小学生の集団にリコーダーで襲われた、実は癌なんだ、などと理由を考えながらさんざん走ったあげく、結局、腹を壊して途中下車しました、ということにした。わたしのバイト先の部署の主任である、同い年の八木君は、うーん、これからは気をつけてね、と困った顔で言った。ぜんぜん怒らない人に不義理をすると、その逆の人にそうするよりも、かえって余計にこちらの心が痛む。

アスミちゃんとはそれ以来、個人的に話すことも飲み会で一緒になることもなかった。何度か姿を見かけたり近況を知る機会はあったけれども、すべては河北のつてによるもので、わたしと彼女の間には、それから何が起こるというわけでもなかったし、何があったということを問われることもなかった。

その日のバイト先では、アスミちゃんとのことの愚痴のようなものは誰にも言うまい、と流れてくる一リットルパックをひっくりかえし、さらにひっくりかえし、もう一度ひっくりかえしながら、えんえんと自分にそう言い聞かせていたのだけど、そういう執拗な自己暗示によってなにか余計に拘《こだわ》りを深めてしまったらしく、結局次の日に登校したさいには、四時限目の必修課目のために講義をさぼって仮眠していた友人オカノをつかまえて、ちょっとあんたきいてよお、ちょっともおー、とぐにゃぐにゃになって肩をばんばん叩いていた。

「カバキに減俸分請求したらよろしいんとちがう?」

わたしが経過を説明し終えると、オカノはいらだたしげに眼鏡を外してブラウスの裾で拭きながらそう言った。アルミの灰皿にちんまり座っているハイライトが、細い煙を上げていた。三時限目の時間帯の学食の入りは三割程度といったところで、わたしたちみたいなさぼりの連中が多いのか、濁った怠惰な空気がどんよりと漂っていた。

「九百円を?」

「千円札でもらって百円返せばなんとなくいい気分になるかもやな」オカノはセルフレームの眼鏡を蛍光灯にかざして装着し、煙草の灰を落とした。「それにしてもよっしぃはまだいろいろ引きずってんねんなあ」

大学に入って四年目になる今となってはほとんど思い出すこともないが、オカノと吉崎君と河北は同じ高校出身なのだという。河北と話をするようになったのもオカノを通してだ。河北に「カバキ」というあだ名をつけたのはオカノだ。そして河北はことあるごとに、オカノが過眠気味の要領の悪い生徒で、追試を受けまくっていたことを揶揄《やゆ》していた。河北は、高校でもあまり授業に出席することなくうまくやっていたらしい。吉崎君はその泥仕合とは関わりがない。三人ともが三年間違うクラスだったとはいえ、同じ大学に行くことになったせいでそれぞれがそれぞれのことをそれなりによく知っているようだ。

「吉崎君はなあ、いい人なだけになんだかかわいそうだ」

「でもよっしぃはおっぱい星人やからな。つきあってる子は皆巨乳やったな」オカノはにやっと笑いながら煙草を咥えて、しかしすぐに表情を曇らせて続けた。「まあ、ずっとなんか、しんどそうにはしてるな。なんか友達に不幸があったとかで」

それはもしかして穂峰君のことだろうか、とわたしはぼんやりと思った。そうであってもおかしくないし、そうでなくても責められたことではなかった。サークルに所属していなければ、同じ大学に通っていても違う学科の学生のことを知っていることはあまりない。

アスミちゃんについてはぜんぜん知らない、とオカノは答えた。エロガンス系やなあ、わたしはもっとこう抑えても沁み出してる感じのほうがぐっとくるなあ、とオカノは評し、わたしも一応の同意をした。

それからしばらくのあいだ、オカノの新入社員研修の愚痴をきいた。オカノが内定をもらった酒類の量販店は、売り出しの度に次の年度の新入社員を呼んで無給で働かせるんだそうだ。まあ二年でやめるな、とオカノは実際に働き始める前からすでに目星をつけていた。他の内定決定者ともあまりうまがあわないらしい。とにかくもう、すべてがだめ、とのことで、オカノの内定先に対する絶望は果てしない。愚痴もまた終わりがない。

わたしは、オカノの繰り言に申し訳ないながらも倦《う》んで、彼女がうつむいて頭を抱えている隙に学食を見回して、なにか話を逸《そ》らすネタになりそうなものを探した。しかし、放送部の選曲が微妙によくないことに対する文句ぐらいしか出てこず、あとは、隣のテーブルで、女の子が二人、最近立て続けに新しく出た次世代携帯ゲーム機のどちらを買うかで、わあわあと論争をしているのがすごくへんだ、というぐらいだった。どこの学科の子だろうと考え、授業で見かけたことはないから、自分とは違うんだろうな、とわたしは暇つぶしに詮索した。二人とも屋内だというのにニット帽を被っており、やたらルーズな服装をしていた。よりルーズなほうの髪の長い子が、そりゃプレステには世話になってるけど、任天堂には長年の義理があんのよ、と言い放ったのがとてもおかしかった。義理ってなんだ義理って、イノギよ、ともう片方は、降参だとでもいうように溜息をついて、傍《かたわ》らにあった納豆をかき混ぜ始めた。

今思い返すと、その二人の片方がイノギさんだったわけだが、当時は、なんか妙に印象に残る子だなというぐらいで、その後彼女に関わることになるというのは予測していなかった。

それぞれ一台ずつ買って、ときどき交換すればいいんじゃないの、と心中で口を挟んでいると、ホリガイはええなあ、ええなあ、ええわあ、公務員て！　とわめくオカノの声で我に返った。オカノに会うたびに、ほぼ毎回そのことを言われ、そのつど、なんだったらうちの地元倍率低いから来年受けなおすといいよ、と答えるのだけど、わたしが三年間ひたすらにバイトに励み、国家試験の専門学校の学費をひり出してやっと合格したことをオカノはよく知っているので、それはもう遅いっす、あたしの四年間がまちがってたんっす、とすぐに消沈してしまうのだった。

だから、そんなオカノの前に河北が現れたのはタイミングが悪いとしか言いようがなかった。オカノは出入口に背を向けて座っていたのだけど、それに向かい合っているわたしには、こちらに向かってやってくる河北の姿が見えた。わたしとオカノは、出入口のすぐ近くの席に座っていたので、注意を促す間もなかった。研修と名のついたタダ働きの話が佳境に入り、ほとんど目に涙を浮かべ始めたオカノの両肩は、河北に摑まれ揺すられた。

「オカノさん、調子どう?」

河北が隣に座ると、オカノは尻を浮かして河北から少し離れるように椅子を動かした。おそらくわたしに用があるというのに、実際わたしに用があったのに、先にオカノに話し掛けるという河北のやり口は、それだけでオカノの不興を買った。

「ドブ板や。ここが自宅やったらおまえにはぶぶ漬けを出したる」

生粋の京都人のオカノは、使い古されたネタとしての京都の言い回しを歪めて、河北の日焼けした顔を睨みつけた。

「おまえはずっとドブ板の上やろう」

「うるさい、学外者。帰ってくずきりの袋にチンポ突っ込んでザーメン垂れてろ」

「家には女がおるしくずきりはない」

オカノと河北は、万事こんな調子だ。少なくともオカノは本気で河北を嫌っていたが、河北はそうでもないのか、なにかとオカノにちょっかいを掛けてくる。こういう男はたまにいる。なんというか、なんだろう。困った人だ。他人の心の機微に対してカジュアル過ぎるというか、けれどその過ぎた部分こそを自分の得手としているような。その踏み込みの様はだいたい、そのやりかたはちがうよ、と言っても聞き入れてはもらえないんだろうな、というこちらの脱力の予感とセットになって出現する。

「アスミちゃんはどうだった？」

とりあえず今のわたしにできることは、手っ取り早く河北の用向きに話をもっていくことだと思ったので、さっさとその名前を出した。

「おまえの部屋散らかってたって。変わった人やなって」オカノは口を歪めて、ビッチ、そいつビッチと合いの手を入れた。「まあ、ありがとうございましたってさ」

「無事に帰れたらそれでいいよ。前の晩ひどかったから」

「そりゃホリガイがご丁寧に停留所探してバス来るまで待っててくれたからな」

河北の言葉つきには、感謝と同時に、なんでこいつはそんなことまでするんだろう、と首を傾げているむきもあるように思えた。

「この人に金やれよ、あんた。バイト遅れてんよ。そのせいで主任にケツで酒パックの山に吹っ飛ばされて骨盤にひび入ってんよ」

「何にも使わない骨盤なのにねえ」わたしはオカノの嘘にのんびりと相槌をうった。主任の八木君の尻はでかい、とわたしはことあるごとに触れ回っているので、オカノはそんなことを言うわけだが、八木君との関わりについてはここではおいておく。

「でもまあいいよそんなの。何にも使わない骨盤だから」

「酒パックの山にふっとばされて骨盤にひび入ったりするかよ」河北は呆れたように言った。「まあ、バイトにまで遅れたんだったらあやまる。たとえ薄給のライン仕事でもな」

「薄給なのはわたしが悪いんじゃなくて会社がケチなんだよ」

「そういう言い方もあるな。まあ飯でも食いに行くか。二人ぶんおごるよ」

ケッ、といびつに笑ってオカノは煙草を咥えた。

「レコード券をちょうだい」

「買いに行くのがめんどくさい」

「おなかすいてないよ」

「食い物みたら腹減るくせに」

少しばかり棘のあるやりとりをしながら、河北にはなにか話したいことがあるんだろうな、と思った。河北は今まで、わたしに言いたいことがあるときはなにかと理由をつけて食事に連れ出した。堺町通りに新しい店ができた、とか、自分自身が空腹だ、とか、内装が今付き合ってる女向きじゃない、とか。

「ホリガイは高いよ」オカノは、河北のほうにむかって煙を吹き出して言った。オカノが煙草の煙を吹きかける人間は、地球上では河北だけなのだそうだ。「ミスドの百円セールのイートインで千円以上払うやつはわたしの交際範囲の中ではこいつだけ」

「単によう食うだけやろが」

「尋常ちゃうで。晩年のプレスリーもかくやというほどの」

「それでこそのそのでかさやろうが」

「ホリガイに身長のこと言ったんなよ。泣くぞ。ほら泣け、そしてわめけ」

プレスリーはきっともっと食ってたよ、ドーナツたのむときも、こっからここまでって注文するんだよ、トレー単位だよ、と言いそうになりながら、なんだかめんどくさくなってわたしは首を傾げて片手であたまを抱えた。オカノと河北のやりとりは砂を噛むように続き、はとんどわたしの存在は忘れ去られたかのように思えた。

瞼を半分閉じて、今晩のおかずと冷蔵庫の中身について思いをめぐらせて、よく考えたら中途半端なものしかないんだよな、買い物めんどくさいな、などと怠惰になっていると、チャイムが鷹揚に鳴った。次の科目は必修だから、教室に移動しなければならない。それも食堂のある棟からいちばん離れた建物の四階の部屋に。なのにオカノと河北はまだなんの内容もないことを言い合っていた。じゃれ合いとはまた違った、言葉の辛辣さを争う小競り合いだった。

「移動しなきゃ」

そう声をかけると、オカノは我に返って、そうや、移動や！　となぜか河北に向かって怒ったように言って、灰皿を手に立ち上がった。

「晩御飯ね、ごちそうしてくださいよ。四限終わるころに校門の横手んとこの購買にいてくれたらいいから」

わたしが目をこすりながらそう言うと、わかった、と河北は言った。ときどきわたしにそう言ってきたように、授業さぼればええやんか、とは言わなかった。

店は河北が決めた。河北と食事をするのに、わたしが希望したところに決まったためしはない。安いもんばっかり食うなよ、と河北は言う。そんなこと言われたって、先立つものがないんだよ、と答えると、うまいこと金をつくらんからや、と返されて、投資運用などに関してえんえんと説明をされるのだけど、理解できたためしがない。わかってんのか、と訊かれると、おとなになったらわかるようにする、と決まって答える。河北は、そういうことというやつに限っていつまでもそう言い続けるんやろう、というようなことを語彙を替えて諭してくる。

その日は、高倉通に新しくできたという和食ダイニングの店に連れていってもらい、タコのマリネや地鶏の湯葉巻き、牛タンサラダやフォアグラの寿司などをいただいた。わたしの交友関係では、河北以外にこういうものを食べさせてくれる人はいない。ほかのみんなは、丼ものやラーメンやカレーやハンバーガーや三百円均一の居酒屋のメニューで生きている。たまに焼肉をいただく。贅沢の種類はおとなになってから選択する。そしておとなになる日はあくまで遠い。

「べつに高くはない」

照明を落とした、木調のインテリアにうちっぱなしの壁の店内の中ほどに案内され、メニューを睨みながら、これ高いな、これ高いな、悪いな、などとばかり呟いていると、河北はこともなげに言ってメニューを取り上げて注文した。

「頭の中で換算しちゃうんだよ、これふたつでセールの輸入盤ＣＤ一枚とかさ、ということは四個入りのドーナツ十五袋だから六十個ぶんのドーナツか、とか」

「六十個分のドーナツがずらっと頭の中に浮かぶのか」

「浮かぶ。わたしは大抵チョコから食べるんだけど」

「おまえいっつもそんなこと考えてんのか。男もつくらんと」

「彼氏はほしい。喉から手が出るほどほしい。ダッチオーブンの次ぐらいにほしい」

はじめはこんなふうになんていうことのない話をしていた。卒業したらどうするのか、ゼミの連中の内定の状況はどうなのか、など、訊かれるままにわたしは語った。河北は、つまらなそうでもなく、かといって、質問の当事者であるほどの興味もなさそうだった。わたしはべつだんの苦痛もなくたらたらと喋り続けた。河北に関してこういうことはよくある。自分の言いたいことばかりではあさましいと感じているのか、とりあえずは相手に話をさせて相槌を打つ。それに見合うだけの独壇場を、自分が用意しているからだろうと思う。

まあ、健闘を祈るよ、と河北は正しい箸使いで地鶏から湯葉をほどきながら、わたしをはじめその他の勤め人になる人々にひらたい声援をおくった。あんたはいいねえ、とわたしは、湯葉をめちゃくちゃにしてしまいながら主語と述語の間にある嫉みがましい言葉をすべて省いて簡潔に言った。わたし自身は、希望する部署につくにはかなりの長期計画になりそうだとはいえ、大学入学当初から地方公務員になるための勉強を細々続けていた末に合格したので、たとえばオカノなんかが河北にむかって吐くであろう怒りの言葉は口をつかなかった。

請われた話題が尽きて沈黙が一瞬さし、アスミちゃんとはどうなったの、と何とはなしに問うたあたりから、河北の話が始まった。

「べつに、どうにもならんよ」河北はテーブルに片肘をついて、サラダをかきまぜながら言った。河北は小食なたちなようで、すぐに食べることに飽きてしまう。ちなみにわたしはかなりのスパンで食べ続けることができる。夕食に二時間かけることもあるし、給料日に一人で豚しゃぶをやったときは、おなかいっぱいになりすぎてお箸を持ったまま寝ていたこともある。「なにがあろうとあいつとおれは離れん」

河北はこともなげに述べた。わたしは、アスミちゃんが荒れていたのでそれをきいて安堵したとか、その確信的なさまをうらやましいと思ったとか、そういった予測可能な心持ち以上に、不思議だと思った。

「なにがあろうと」

わたしが鸚鵡返しに言うと、そうやな、と河北はわたしが覚えることのできなかった複雑な名前のカクテルを啜った。

「あの人はかわいいからそれはうらやましいなあ」

わたしが、自分でもどうかと思うほどの間延びした口調でそのようなことを言うと、河北は目を眇《すが》めてまたグラスに口をつけた。

「かわいいっておまえ、あの程度やったら、かわいいって、それだけの理由で付き合うほどのもんでもないやろうが」河北は喉を上下させたあと、呆れたように言った。

「おまえ、おれがあいつの見た目がよくて付き合ってると思ってんのか」

答えにくい問いだった。というか、河北とアスミちゃんが付き合っている理由なんてわたしは考えたこともない。他人事といえばまったくそうだし、彼らのことを娯楽にするほど彼らとは近しくもなければ彼ら自身が興味深い人たちだったわけでもない。

「アスミちゃんが女の子だから付き合ってるんだと思う」

と返答に困って抽象的なことでお茶を濁そうとすると、河北は、意外とまんざらでもなさそうに微笑んでグラスを爪で弾いた。

「長く付き合うのはな、あのぐらい混乱してるほうがおもしろい」その言葉に続けて河北は、府大出身で外資の証券会社の総合職についている女性とも並行して関係があるというようなことを言った。アスミちゃんがあのとき荒れていたのは、その女性のことで大きな言い争いをした直後だったからだそうだ。「そっちのほうとは別れたけどさ、まあまたべつのができると思う。でもアスミはかけがえがないよな」

「河北はもてていいなあ」

わたしは、先ほど以上の気の抜けた声音で言っていた。河北は眉を曇らせてわたしの顔を見遣ると、口元を歪めた。もてていいー、なぁー、と芯のない声を出しながら、わたし自身もなにか適切ではないことを言っているな、と感じていた。だけど他の感想がなかったのだ。そろそろ河北はいやになってきただろう、とわたしは予想した。予想しつつも、わたしは、気のきいたことが言えなくて申し訳ないとあやまることができないのだった。その謝罪自体が気のきかないものであるということは、さすがにわかっていたから。

わたしの皿からは、取り分けられたものはきれいになくなっていたけども、河北の皿の上はちょっとした惨状を呈していた。箸で神経質にいじくりすぎているからだった。湯葉は湿った古い障子紙のように裂かれ、鶏肉は脂と赤身に分離されたままふてくされたように転がっていた。その一品はとてもおいしかったので、それ、もらっていい？　と言いかけてやめた。おごってもらっているのにこれ以上しょうもないことを言って機嫌を損ねるのも申し訳ない。

にもかかわらず河北は新たな飲み物を注文して、話を続けたのだった。ホリガイは呑まないのか？　ときいてきた。呑めない、とわたしは答えた。今まで何度となく繰り返したやりとりだった。

「あいつの手首には疵《きず》がある」河北は、どこか紗《しゃ》のかかったような目つきでグラスを揺らした。「おれはそっから離れられん」

河北は、わたしの目をのぞきこむように首をかたむけた。

わたしは、ぽかんと口をあけて、ほぉー、と息を吐いて視線を料理に逸らした。つとめて、ニュートラルな反応を返したつもりだった。へえー、というのも駄目だし、そうなの？　と訊き返すのも不適切なような気がした。

女の子だけの割合ならなんとなくわかる。およそ六分の一から八分の一の確率で、手首に傷跡のある人がいる。自分の知っている女の子の八人につき一人、友達の知っている女の子の六人につき一人、またべつの友達の知っている女の子の七人に一人。

これは、女の子総体における確率というよりは、とりあえず知り合いの中に一人ぐらいはいるな、という程度のいいかげんな帰納なのだけど。一定数のかかわりの中の一定数。わたしはリストの中にアスミちゃんを増やしたことによって、今まで名前を挙げていなかった女の子の名前を何人か挙げた。確率は以前とそんなに違ってはこない。

手首に傷跡を持つといっても、その理由や出自は千差万別だ。わたしの中学時代の友達に、受験のストレスによる鬱と血に対する執着の複合的な症状から切ってしまうという子がいた。最初は手や足の指先の爪をめくることで満足していたのだけど、神経が集中しているそのあたりを苛めるのは化膿などの弊害が大きいし、流血の量にも満足がゆかないので、左手首の静脈に刃をあてることにしたのだそうだ。憂鬱な時はとりあえず血を見れば安堵するのだという。ティッシュがどんどん赤らんでいくのを眺めると、不思議な達成感が得られたのだと言っていた。心の中のウックツ物質を血に託していたのかな、と彼女は述懐していた。血を吸い取ったちり紙を取っておいたりもしていたらしい。イレギュラーな数本のほかに彼女は、一定の力を与えればすぐに開けることのできる職人芸の一本を持っていた。ブッチャーライン、と彼女はそれを呼んでいた。プロレスラーのアブドラ・ザ・ブッチャーは、額に、すぐに流血することのできる永遠の生傷を持っている、という逸話にあやかったものだった。そのせいで、わたしはときどき彼女のことをブッチャーと呼んだ。受験が終わるとブッチャーは精神科に通い始め、まもなく完治した。河北を目の前にしながら、わたしはブッチャーに会いたいと思った。ブッチャーはとても成績がよかったので、東京の名の知れた大学にいってしまい、わたしも今は京都に住んでいるから会いにくいので、よけいに懐かしかった。

わたしはそんなことを考えながら、河北の話をぼんやりときいていた。頭の中を悟られないように、ときどき表情を変えるように努力した。さほどの感情の動きがなくとも、そう見えるように取り繕った。それが一飯の恩義の代価だと思った。

雨の日、その傷跡はぬくとく温度を放つことがあるような気がする。頬を寄せるとこのうえなく安らぐ。それは原罪の跡であり、存在の苦悩のあかしである。それを分かち合うために、手を取ってその跡にさらに剃刀を入れる。白い手首に刃を寝かせて、桜桃色の皮膜をやさしく剝ぐ。彼女は涙を流し、名前を呼ぶ。紅い体液が流れ落ち、肘の裏に楕円の花弁を作る。濡れた柔らかい亀裂を爪繰ると彼女は細い声を飲み込む。

愛の営為とは、かように絹糸に足を這わせ空を渡るかのような所作にこそあり、我々の生の在り処もそれに同じくし云々。

河北はそういったことを、まるで詩を吟じるように語った。河北の生の言葉を思い出すのがあまりにも所在なくて、大胆な脚色を施してみた。そのような感覚を分かち合えるのはアスミちゃんだけなのだそうだ。河北が語るあいだはずっと、確率と故郷の友達のことを考えていた。河北の声音が陶酔に掠れるたびに、わたしは店員さんを呼び止めてオーダーを追加したいという衝動と格闘した。尿意の我慢は限界を割りかけて、ほとんど目の前がかすむような困難を体験した。こんなにトイレを我慢したのは、去年の夏に行った信州行きのバス旅行の車中以来だった。サービスエリアで飲んだ養老サイダーが覿面《てきめん》だった。ほとんど意識が遠のき、目の前の白い皿に某有名便器メーカーのロゴが浮かび上がってきた頃に、話が一旦の収束をみせたことがせめてもの救いだった。睫毛を伏せて、わたしなどいないと感じているのか、もしくはその真逆かという、どちらにしろ鋭敏を極めた意識の中で陶然とカクテルをあおる河北に、ちょっとトイレに行ってくる、と切り出すにはかなりの蛮勇を奮ったけれども。

そのときの排尿の快感ったらなかった。鳥肌が立つほどだった。

わたしは、その余韻にふらつきながら席に戻り、骨を何本か抜かれたような具合でぼてっと椅子に座ると、心の弛みに任せて、いやあ、わかんなかったなあ、などとのんきに言ってしまっていた。

それまでも大概わたしは、河北の意向に沿わない発言を繰り返してきたが、それはまさしく決定的な一言になったと思う。河北は、蔑むような目付きでわたしを見遣り、唇を歪め何事か呪詛したようだった。呪詛したようだった？　そうだ、思い返せば。しかしわたしは、その時点では気がつかなかった。空気の読めなかったわたしは、片手で頬杖をついて、トイレで用を足しながらふと思いついたことをよく考えもせずに口にしていた。

「あのさあ、『ナイトメアー・ビフォア・クリスマス』観たことある？　あれの、主人公のガイコツの人の恋人、サリーっていうんだけど、こういうの」わたしは、河北が何も言わないのをいいことに、鞄からメモ帳代わりにしているＡ５のファイルを取り出して、白紙のページにつぎはぎだらけのお人形の落書きを始めた。「彼女はすごいんだよなあ。腕とか足もつぎはぎでつながってててね、糸を解いたら取り外せたりすんの。そうやって悪者から逃げたり、主人公を助けたりするんだな。純愛でいいんだな。そんで、アスミちゃんもそんなふうに改造してみたらどうだろう」

そう言いながらわたしは、適当に描いたイラストを河北に向けた。河北は、ファイルの上端をつかみ、強い力でテーブルに伏せさせた。

ホリガイ、という河北の低い声がきこえた。痰のからんだような、濁った暗い声だった。汗ばんだ背中が冷え始めるのを感じた。

「このクズが」

河北の声は、怒りのやすりをかけられて小さな震えを刻んでいた。

「そういうのは趣味じゃないのかな」

このような物言いがよけいに河北の憤懣を助長することはわかっていた。わたしはどうしてそんなふうに口走ってしまったのだろう。河北がなぜ怒ったのかは一目瞭然だ。聴衆であるわたしが、河北の語る物語の肝をうっかり観逃したうえに、彼の陶酔を削ぐようなしょうもない提案をしたからだ。

「痛みに趣味もへったくれもない」

河北は吐き捨てるように言った。

「『痛み』ってさ、あんたはそういう気持ちになるのが好きなの？」

わたしはこのやりとりを通しての疑問を呈した。ふと、本当はこんなことやめたいんだけどさあ、と泣いていたブッチャーのことを思い出した。

河北はわたしをめがけてグラスを振りかぶった。氷が鎖骨を打ち、頬が甘ったるく濡れて、アルコールの匂いが鼻をついた。いくらか啜った後の飲み残りだったから、たいした量ではなかったけれど、ともかく河北はわたしに飲み物をひっかけた。

「自分になにも問題がないからって、語れる奴を嫉むな」

両サイドの席の客の動きが止まった。店員が見ていたらかわいそうだな、と咄嗟《とっさ》に思ったけども、さいわい誰も気付かなかったようだ。あるいは見ていて見なかったふりをしただけか。

語るための痛みじゃないか、それも他人の。

そう言い返してやりたかった。だけどわたしが不注意で無神経であったことも事実なので、黙ってバッグを開けて消費者金融のティッシュで濡れたところを拭いた。河北は、唇を震わせて、深い鼻呼吸を何度も繰り返していた。

河北もアスミらゃんも一様に、両親の愛情を疑っていたと言っていた。それが問題の一端なのだろうか。わたしの実家は祖母と母親とわたしの三人家族で、いくつかの役回りの人員を欠きながらも、愛されていないと感じたことはなかった。なぜこんなことを考えたのかわからないけれど、河北は、言葉をたがえながらも、わたしの餓えのなさを責めているのだろうと感じた。

「問題がないのは悪いことじゃないけど、寂しいことなのかもしれない。わたしにはそれが普通だけど。このまま問題を抱え込んでも、わたしを助けてくれる人はいないと思う」わたしは、顔や首を拭きながら、ゆっくりと言葉を選んで言った。「あんたらは、どんな形だろうと助け合って生きてて、それでいいじゃないか。なんでギャラリーがいる？」

一緒に寝てくれる男がいたためしのないわたしに、なんの承認を求める、そう心の中で付け加えた。河北は唇を噛んで、横の椅子に置いてあったカバンをごそごそやり、ハンカチを取り出してわたしに寄越した。河北は河北で、自分のやったことを後悔しているようだった。

悪かった、とだけ河北は言った。わたしの問いに答えてはくれなかった。わたしは少し安心した。わたしと河北は、なにかを追及し合うような間柄ではない。そんなもの望んだこともない。けれどその日は、一線を踏み越えてしまったと言わざるをえなかった。失態だと思った。

そのあと河北は、アスミのかわりにノートをとってきてくれ、と頼みごとをしてきた。それはわたしのバイトのない曜日の授業で、度重なる失言の罪悪感もあって二つ返事で引き受けてしまった。アスミちゃんは向学心がさかんで、その授業は一度も聴き逃したくないんだそうだ。ならばどうして授業に出られないのかについてはきかないことにした。知っていたとしても、もうあまり必要のないことだろうなと判断したからだ。河北とこんなふうに食事をすることはもうないだろうと感じたし、河北の話を肴にしている連中に、アスミちゃんについての詳しい話をしたりもしないだろうなと思った。

店を出る頃には、二人とも、この前やその前とたいして変わらない様子に戻っていた。ごちそうさまでした、と頭を下げると、興奮して悪かったな、と河北も謝罪してきた。送ろうか、と訊かれたけれども、わたしは慎んで辞退した。そのまま、河北の二輪がとめてあるというパーキングの方面に折れる道まで、四条通を並んで歩いて帰った。

河北とわたしはほぼ同じ背丈で、だからアスミちゃんはあの時あんなふうに擦り寄ってきたんだろうな、とぼんやり思った。河北のほうが明るめに染めていたけど、髪の色も同じような色で、河北が眼鏡を外せば顔つきもどこか似ていたかもしれない。というよりも、今になると自分の顔と混同してしまうぐらい河北の顔を中途半端にしか思い出せないことが、我ながら不思議だった。思い出したくない人物なんだろうか。それは確かにその通りだった。

「おまえに重要な話はなにひとつしてない」

帰宅への路が分かれる際で、河北は振り返り、能面のような面差しでそう言った。知ってるよ、とわたしは答えた。河北は唇の端を上げ、ゆっくりと手を上げて背を向けた。

抑えられた蔑みと怒りと悲嘆が、その言葉にはあった。わたしはしばらくそれにあてられて、何度も溜息をつきながらせわしなくコートのポケットの中のレシートを丸めたりほどいたりして背中を丸めていたのだけど、だんだん悪罵が頭をもたげてきて、しまいには、うるせえよ、このメランコが、などと、口に出して毒づいていた。自分でも悪いことをしたと認めているにも拘らず。

おまえもわたしにとって重要なことなんてなにひとつ言えていない。

知らない間に奥歯を噛み締めていた。軽んじられた仕返しに河北はわたしを呪ったのだ。

おまえ以外のひとのまえではいい人間でいるよ、本当だよ。

部屋に上がると、そのまま玄関に着ているものを脱ぎ捨て、また洗濯機のうえから落ちていた洗い物の中からスエットのひとそろいを探り出してそのまま着た。風呂に入る元気もなく、そのまま布団に倒れこんだ。かといって別段からだが疲れきっているわけでもなかったので眠ることもできず、眠ることもできなければ考えをやめることもできず、よせばいいのに沈殿していた怒りの底をさらい心を濁らせ、ちくしょうっ、おまえの女をオカズにしてやるっ、気持ちわるいだろっ、わたしみたいなブサイクにそんなことされたらっ、とスエットのズボンに手を突っ込んでアスミちゃんのことを想像しようとした。が、数日前のことなのに彼女の記憶はおぼろげで、しかもあまり好みに沿う見た目でもないことに脱力した。わたしなら、河北に尺八をしたというこことをばらされたあの女の子のほうがいい、と誰にきかれたわけでもないのに思った。

深呼吸して枕をぼこぼこぶん殴り、大の字になって何度か唸って、隣人に壁を叩かれて更に悪態を増やし、少し泣いた。でも湯葉巻きおいしかった、今度あの店行きなおそう、と思いながら布団にくるまっていると、いつの間にか眠ってしまっていた。

　猪乃木楠子、つまりイノギさんと知り合ったのは、河北の用向きで出掛けた教室でのことだった。河北の依頼などすっぽかしたいのもやまやまだったけれど、そんなことをして自分の名誉を損なうのも不本意だったし、安請け合いしたその時の自分と、その場の雰囲気が悪かった、と諦めて、わたしは指定された日時にアスミちゃんが聴講していた授業に出ることにした。出ることに決めた。それがその前日の話だ。実際にはわたしはその授業には出ていない。寝過ごしたのだ。心は見栄っ張りでも眠気は正直だった。

　目が覚めて枕もとの携帯電話を見た時は、さすがに冷や汗をかいた。液晶の表示は、目覚ましをかけた時刻を八十分ほど過ぎていて、もうなんだか情けなくてわたしは枕に顔を伏せてあうあうとうめいた。そんなことをしているうちにすぐに数分が過ぎ、我にかえって飛び起き、そこから三分で用意を済ませて学校に向かった。地下鉄に飛び乗り、ぜいぜいと息をきらして吊革にしがみつきながら、なんでこんなことしてるんだろうと悔しくなった。たぶん、プライドの問題なんだろう。今のこれも、今まで河北に頼まれたことを全部折り目正しくきちんとやっていたのも、自分はあんたと違ってちゃんとした人間だということを言いたかったんだろう。あんたはうまくやるだろうけど、わたしも違うやり方でうまくやると。それをこの期におよんで崩すわけにはいかない。なんだかわたしは、目先が利いて要領のいい河北に対して、「真面目な人代表」という立場で自分をとらえていたのかもしれない。だから今度もなんとかして真面目な人の矜持《きょうじ》を守るのだ。

けれどその意気込みもむなしく、授業は終わった後だった。一コマの終わりまであと十分あったにも拘わらず。講師によっては、授業が時間より早く終わることはざらにある。ほんの数人の生徒だけが、思い思いにノートを開いたり談笑したりしているがらんとした教室を見渡しながら、あ、でも、もしかしたら休講だったのかもしれない、と思いつき、出入口からいちばん近くの席にいた女の子に話し掛けた。わたしは、その子をどこかで見かけたことがあるなと気付いて、ああ、前に学食にいた任天堂に義理がある子だ、と思い出した。

「休講でした？　ここの授業」

わたしが、泡のような希望に目を輝かせながらせわしなく机を指先で叩くと、女の子はじっとわたしの目を見返して首を振った。彼女が頭を揺らすと、量の多い黒い髪がもそもそと動いた。色白な顔は、かわいらしいというよりは端整に見えたが、鼻の付け根から頰にかけて小さなそばかすがあって、それが気安い印象を与えていた。このやりとりが、イノギさんとの最初の関わりだった。

「また早く切り上げて帰りやがりました」女の子は、下唇を歪めて目を眇《すが》めて、ひやかすような顔を作った。「東京でテレビの収録があるんやって言ってましたた。忘れたけど」

「これの先生ってそんなに有名な人？」

なにしろわたしは、時間と教室番号だけを指定されてきたものだから、授業内容も講師のこともまったく知らずにきたのだ。わたしの言葉にその子は、これ、哲学科でいちばん人気のある授業じゃなかったかな、と不思議そうな顔をした。ノートを頼まれてきただけだから知らないんだよ、とわたしは答えた。

学食でのことをはじめ、彼女の姿はよく見かけているような気がした。髪が黒くて長くて、いつも男物の服をだらしなく着てポケットに手を突っ込み、不精な様子で首を傾けながら、優雅なほどゆっくり歩いている女の子。どうしてその時点でそんなに詳細なイメージが出来上がっていたのか、その時はよくわからなかった。無意識によく見ていたのかもしれない。わたしはなぜか、彼女がよく飲んでいたミネラルウォーターの銘柄まで思い出すことができた。紫色のボトルに入った、硬度がほとんどゼロに近い、カナダの氷河の溶けたものをつめたという水だった。けれど所属している学科のことや学年のことは知らなかった。

今日の授業内容、写させてもらっていいですか、と、なにか妙に腰低く切り出してしまったのも、自分が彼女のことをよく見ていた、という事情があったのかもしれない。わたしはこの人のことを知っているけど、この人はわたしのことは知らないんだろうな、という不均衡が。おおげさな表現になってしまうけれど、話し掛ける日がくるとは思っていなかったのだった。そういう人はよくいる。地下鉄で毎朝見かける女の人や、偶然三つも同じ講義をとっている違う学科の女の子や、駅の近くのコンビニの店員など、ただ見る回数をいたずらに増やしていきながらまったくの他人であるという人々。あの人は、あんなにきちっとした身なりや髪を維持する能力があって、バッグも全部エルメスやコーチなのに、どうしていつもこっちが申し訳なくなるほどの硬い顔付きなのだろうかとか、あの女の子は先々月までいつも男の子と授業に来てたのに先月からはずっと一人だとか、あの店員さんは今の見た目とバッヂの写真がぜんぜん違っていて、薬指に指輪をするようになって、きれいになってよかったよなあ、だとか。わたしは、彼らのたたずまいにとても詳しいけれども、一緒に飲みにいくことはまずありえないのだ。今話し掛けている彼女もそういう人たちのうちの一人だったので、わたしは少し後ろめたい気持ちになった。

彼女もわたしのぎこちなさに気付いたのか、もう友達に貸してしまったんですけど、と訝《いぶか》しげに少し首を傾げた。わたしは、じゃあ、返ってきたときに写させてもらっていいですか？　と食い下がった。

「ちょっとこう、借りのある人にこの授業のノートの調達を頼まれてて、でもわたしぜんぜんこの授業受けてる知り合いとかいなくて。いい講義だから、一回でも抜けたらいやなんだって」

「一回でも抜けたらって、ほんとはここに来てるはずの人が今日は来れなくてとかそういうの？」

わたしは、彼女がため口になったことになにか喜びを感じて、うんうんとうなずいた。

「そやったら、またその人が来た時に近くの席の人にでも頼めばええんちゃうの？」

それもそうだった。というよりそっちのほうが普通だと思った。でも頼まれごとを受けておいて、後で寝坊したしやっぱ他の人に頼んでと正直に言うのははばかられた。河北を介して、こんなつまらないことをまったく他人のわたしに依頼するアスミちゃんの甘えのようなものにも腹が立った。過去にしようとしている女の子の駄目さが漏れ出すと、俄然、目の前の女の子が輝き始めた。

わたしは、河北のしょうもない依頼を自分へのちょっとした還元物に変えようとしていた。すなわち交友関係を広めるということに。わたしは内気な変わり者で、新しい友達はとてもえがたい価値のあるものだった。

「それはそうなんだけど、なんていうか、その子、アレルギーでさ」わたしは、話の終わりをのばすためにまったく意味のない嘘をつきはじめていた。「紙ってさ、あれでしょ、静電気でハウスダストを吸っちゃうらしくて、知ってた？　他の人のノートさわるとくしゃみがとまんなくなるんだって。そのせいで一回、好きだった男の子のルーズリーフにツバとばしちゃったことがあって、でもそれがきっかけで今は付き合ってるんだけど」

　彼女は目を丸くした。紙の静電気がハウスダストを吸うなんて話きいたこともない。わたしはにやにやしてしまいそうになるのを抑え、少し言葉を切り作り話を繰《く》って、更に調子よく続けた。

「だからまたそういうきっかけを作っちゃったらいけないよって彼氏に言われてて、極力彼氏と自分の二人だけでノート作ってるんだけど。で、その彼氏はこの授業の先生がだいっきらいで、ちゃらちゃらしててなんだあいつ、って。でもその子は内容のよさにちゃらちゃらもなんもないわって隠れてこの授業受けてて、まあほんとは先生のことをちょっと男として見ていいと思ってるからなんだけど。そんで隠れて受講してるもんだから、彼氏の協力も受けられないし、だからわたしが代わりに誰かから借りて、パソコンのメールに打ち直して彼女に送るってことになったんだ。五百円で。ハンバーガー四個買えるし」

　彼女はふんふんと頷《うなず》いた。わたしの話をどのように受け止めているのかについては謎だった。

「だから、そのうちから三個あげる」

「いらない。そんなにきたなくて困ってるように見えんの、わたし」

彼女は眉を下げて苦笑いしながら言った。見えるかも、と答えると、余計いらない、と彼女は返してきた。けれど、笑ってはいた。

「わたしはすごく困ってる。きのう百貨店の地下行って和菓子の見本に手つけちゃった」

うそやん、と言って彼女は、よくそうしているところを見かけるように、手元の紫のボトルから水を飲んで、口をはなして溜息をついた。

「なんにしろ、今日のは今は無理なんよ。わたしも他のひとに貸したから。あさってぐらいには返ってくると思うんやけど」

「そのときに三個あげる、三個」

「いらんってば」彼女はペットボトルの蓋を緩くしめて机の上に置いた。「まあそのぐらいでよかったら、ええよ」

やった、とわたしはひそかに思った。わたしにはわりと嘘つきなところがあって、店の予約も基本的に偽名で入れる。彼女の承諾に、わたしのそういう部分が満足するのを感じた。三限目の終鈴が鳴った。数えるほどしかいなかった学生が更に散らされて、教室はわたしと彼女の二人だけになった。

「じゃあ、その日どこそこの教室に居るって言ってくれたらわたしそこに行くから」

彼女は、学年の最初に配られるそっけない手帖を眺めながら、しぶしぶなのか、それともまったくなにも思っていないのか、おそらくはその間のような感じで場所と時刻を指定してくれた。

イノギさんとはそんなふうに出会った。なんのことはない、平凡な関わりの始めだった。思い出すのも億劫なほどの。

ヤスオカがわたしの所属する班に配属されてきたのは、その頃のことだった。わたしは京都に来た当初から京阪沿線の酒造工場でアルバイトをしていて、四年間変わらず検品のラインで働いていたのだけど、その頃はすでに公務員養成講座の学費の捻出から解放されていたので、シフトをなるべく減らしてもらえるようバイト先に申請していた。銀縁眼鏡をかけて、男の子のように髪を短くした、バイト人員の勤怠管理担当の事務員のヨコヤマさんという女の子は、万事おどおどしていてうつむきがちで、蚊の鳴くような小さな声で喋る人だったが、仕事に関してはいたって融通がきかず、実質的にわたしの勤務時間が減らされたのは、申請から一ヶ月後のことだった。

　わたしのシフトの減少と、十二月でやめますという退職の予約に伴って補充されたのがヤスオカだった。東京出身のヤスオカは工業系の大学の一年生で、「お笑いの番組をいっぱい見たいから」大阪の大学に進学したのだと言っていた。ヤスオカはとにかく変わった子だった。身長が一九三センチもある大きな、そして単純な男で、どこか日本人離れした、さぞ皮の腰巻とかでかい斧とか角のついた兜が似合うんだろうなあという突飛な外見をしていたにもかかわらず、togetherという単語を「トゥ・ゲット・ハー」と読んでしまうようなどうしようもない子だった。わたしは彼に二ヶ月ほど仕事を教えていたのだけど、仕事の覚えは優良可不可でいうと可ぐらいの出来で、けれどけっこういいなりになってくれるうえ、先輩のわたしを先輩というだけでたいそう尊敬してくれたので、同僚としては悪くなかった。

　バイト先では、班の主任の八木君がわたしの心のよりどころだった。人物Aが人物Bを性的興味等を根拠に、足や目などで追いかけることを「けつを追い回す」という慣用句で表現したりするが、わたしの八木君への心情はその慣用句そのままであることに尽きた。主任の八木君は、がっしりとした張りのいい体つきをしていて、大変立派な臀部の持ち主だった。目が大きくて眉が太く、鼻も大きくて唇も分厚い、やたら大作りな顔立ちをしていて、工場の女子の間では縄文系美男子との誉れが高かった。わたしは八木君の見た目がとても気に入っていて、勝手に、初めてやるならこの人がいいなリストなるものを作り、八木君をその筆頭に挙げていた。八木君は、心優しくて世間ずれしておらず、面倒見がよい人格者で、わたしがアスミちゃんの一件で遅刻した時も、事務員のヨコヤマさんにかけあって、偉いさんに咎《とが》められないように取り計らってくれたのだった。

日本酒のパックを包むフィルムやそれにくっついてくるノベルティーを検品したり、出荷用のダンボールを組み立てるための糊チップを補給しにいったりという、目と手を動かすだけの作業は、慣れると自動操縦のような感覚に似てきて、精神的に暇を持て余していたわたしは、よく機械の音にあわせて八木君の立派な尻をたたえる歌を歌っていた。歌といっても特に詩的な内容ではなく、その時思い出した既製の歌のメロディに乗せて、「ありえないほどのでかいけつ、もはや何者もたちうちできない。半世紀に一度のでかいけつ、ばにばに、ぶりぶり、ごきげんよう」などと適当に歌うだけなのだけど。それでもわたしの気は晴れた。だいたいは眠気覚ましに歌を歌っていた。快調な時は、機械の一部に組み込まれたように無機質に働き、その自失の感覚は快楽を伴うことさえあった。たいてい、その「自分が機械になったような感じ」は、周囲にまったく人がおらず、ただ機械の音と日本酒の匂いに包み込まれてひたすら手を動かしている時に訪れたので、常時自分について働くというヤスオカがやってきたときは落胆したものだった。眠い時に八木君の歌を歌うにしろ、新人の前でそれをするのは不適切だった。

「ねえねえ、ホリガイさん、ちょっとみてみて」ヤスオカはわたしの真横に座り込んで、コンベアーを支えるステンレスの足を握ってぶーんぶーんとうなってからだを揺らした。「サイドカー」

「働けよ。悪いことは言わないから」

ヤスオカは、実によく話し掛けてくる男だった。今まで一人で受け持っていたラインを二人で分担しているのだから、暇なのはわかるけれども。喋り方がふにゃふにゃとしていて芯がなく、配属されてきて一週間でためぐちをきいてきた。そのわりには他の人にはちゃんと敬語で話していたりして、ヤスオカのわたしに対するあなどり具合は如実だった。とはいえ、知り合った年下の人の約八割は三日目からわたしに敬語を使うことを忘れるので、ヤスオカはそれでも腰の低いほうだったと言える。

ヤスオカは、眠いなあ、眠いなあ、と言いながら、コンベアの縁につかまって尻を突き出して腰を振っていた。わたしとヤスオカのいる位置の上流の方で何かトラブルがあったらしく、パックの動きは止まってコンベアの幾何学的な目地だけがわたしの視界を通り過ぎていた。流れていくコンベアの銀色の目地に向けて視線を一定の角度に落としていると、まるでハリウッド女優かなんかのイブニングドレスの模様のように見えてきて、少しいい気持ちになり、数秒で飽きた。仕事も妄想もとまってしまうと、背後に鎮座しているパックに日本酒を詰める充填機の規則的な音がやけに大きくきこえるようになって、わたしは片足でリズムをとりながらパックが流れてくる方向に目を凝らした。

頭の中とヤスオカとの間に言葉がなくなると、ずっがん、どっかん、ずっがん、どっかん、という重たく乾いた機械の音が、途端に意味を持ち始める。尋常じゃない、尋常じゃない、マジでマリアがカムズミー、すごいけつが参勤交代、バリなすがままー、と、その日は「レット・イット・ビー」が聴こえてきたので、そんな字数も内容も何一つ合っていない替え歌を頭の中で歌い、目線の先で機械の調整をしている八木君をたたえた。四年前の初見と比べて、少しぽっちゃりしてきたふうもある八木君は、ふーふー息を吹いているような口元をして装置の接続部に油のようなものをさしていた。

日本酒の匂いに頭をぼんやりさせながら目の保養をしていると、はーい、はい、はいはい、と不必要に返事を重ねてヤスオカが小走りになって持ち場を離れた。誰かに呼ばれたようだった。走ったらいかん、と注意すると、それにも、はーい、はーい、と応えて、うってかわって摺り足になった。ヤスオカは、人に逆らったり人を疑ったり自分の作業を優先させたりということを知らないので、呼ばれればフロアじゅうのどこにでも走っていく。ヤスオカが来る前は、今やってることあんのになあと不平に思いつつも、フロアじゅうのどこにでも歩いていくのはわたしの領分だったので、人のことは言えないのだが。

わたしは、ヤスオカが離れたのをいいことに小声で八木君をたたえる歌を歌い始めた。ものすごい音をたてて、ものすごい速さで台車が走る音がきこえたので、そちらをみると、ヤスオカがパックを満載した台車の把手を持って右往左往していた。ヤスオカを呼んだと思われる最近離婚した美熟女のワタナベさんは、ヤスオカと二人でパックをコンベアに載せ始めた。コンベアの先のほうから、数個ずつパックが流れ始めているのが見えてきたので、わたしは肩を少し回して背筋を伸ばした。

　流れてくるパックを三度引っくり返し、底面と屋根の部分を確認して流す。時と場合により他の作業にも呼ばれるけれども、わたしの基本的な担当は、パックを覆うフィルムの検品だった。わたしの所属している班は、パックの中でももっとも大きい二リットルパックを扱っていた。目立つ擦り傷のあるものや破れているものを足元のコンテナによけて、一定量が溜まればフィルムがけの装置のところまで台車に載せて戻しにいく、というのがわたしの担当する作業の大筋の過程だった。コンテナにパックが溜まる頃合と、パックの流れが切れるタイミングが合えば調子は良いのだけど、なかなかそうはいかなくて、足元に溜まっていくコンテナを見下ろして泣きそうになることもしばしばあった。ヤスオカがわたしにつくようになってからは、彼が率先してコンテナを戻しにいってくれるので随分と楽にはなったのだけど。けれどヤスオカはどちらかというと注意力に欠けるたちなようで、ヤスオカが見落したパックの傷をわたしが指摘してコンテナに除けることもよくあった。ヤスオカが検品のラインに配属されて一ヶ月がたっていたのだが、どうもそのあたりが改善される様子がなく、あと数ヶ月で工場を離れる身としてはそのことが心配だった。

突然、検品して流す余裕もなくなるほどの間断のなさで日本酒パックが流れてきたので、コンベアの上流を確認すると、ヤスオカが見るからに溌剌とした動きで、おそらくなんの考えもなく、次々とパックをコンベアに載せているのが見えた。

「ヤスオカ、もうちょっとペース下げて！」

と、大声で指示すると、ヤスオカははっとしたように手を止めて、すまなさそうに何度も頭を下げてきた。ワタナベさんも何事か小言を言ったらしく、ヤスオカはそちらの方に向かってもでかいからだを折り曲げてあやまっていた。

ラインに戻ってきたヤスオカは、いつも怒られたときにそうなるように、哀れなぐらい消沈して、力のない手つきで検品を始めた。不思議なことに、落ち込んでいる時ほどヤスオカの注意力は増すようで、雰囲気は良くないものの、わたしは彼の見落しを指摘する役目を免れて少しほっとするのだった。しかし、あまりにも長いこと彼の注意状態が続くと、なぜだか不安になってきてしまった。大きな男がうなだれているのは、見ていてあまりしっくりくるものではない。なんといったらいいのか、大きい人というのは本人が望む望まないに拘わらずその場の空気に与える作用も大きいように感じる。少なくとも、子供を除外した物理的に小さい人よりは大きいと思う。わたしがあまりにも意思のない人間だから、他人の気配にひきずられがちだというのもあると思うのだけど。ヤスオカは、決して強引なたちなどではなかったが、そういった無意識の影響力は大きいひとだった。作業は順調なもののわたしは、ヤスオカの落ち込みに巻き込まれて、自分も気が滅入ってきてしまった。ヤスオカの失敗をみていると、いや、でもわたしだって最初の頃はひどかった、こんなもんじゃなかった、とあまりよくない思い出がこみあげてきて、なんだかヤスオカがかわいそうになってくるのだった。

「ヤスオカ」

「はい」

「休憩行っていいよ」

「でもまだ交替の時間じゃないっす」

「いいから実家の犬の写真でも見てにやにやしておいで」

コンベアに視線を落としながらそうねじ込むと、すんまそん、とヤスオカは頭を下げて、詰め所のほうに小走りでいった。ヤスオカは、B5サイズのルーズリーフに、実家で飼っているおじいちゃんなのか毛玉なのかその両方なのかわからないような犬（ビアデッド・コリーというらしい）と、外人の女の裸の写真を入れてときどき眺めている。わたしがそれをのぞきこもうとすると、いつもヤスオカはそのルーズリーフを勢いよく閉じた。男の社員やバイトには嬉々として見せているのに。わたしはきみんちの犬の写真がみたいのだ、というと、ヤスオカはおずおずとそのページを開き、あとの部分は人差し指と親指で固く閉じて、歯嚙みしているかのように口を真一文字に結んでそわそわし始めるのだった。そのたびにわたしは、いつもラインでくだらないことばかり喋っているみたいに、気安くしてくれると楽なんだけどなあ、と思いつつ、気を遣ってもらっているんだなとしみじみ感じ入りもした。ありがたいことに、主任の八木君にもまた、ただ医学的に女であるにすぎないわたしに対してですら、詰め所で上半身裸で涼んでいるところに乗り込まれると、ひゃーっと言いながらあわててシャツを着るようなところがあった。わたしがバイト先の男子でこの二人を特に印象深く感じているのは、そういうありがたみに根ざしているものなんだろうと思う。

ヤスオカは、きっちり十分経つと持ち場に戻ってきて、相変わらず力のない様子で検品を再開した。

「モッピーを見てにやにやしてきたけどいまいちでやんす」

「そうでめんすか」

モッピーというのはヤスオカの実家の飼い犬の名前である。モップみたいな見た目だからモッピーなのだという。モップちゃんともいうらしい。いずれにしろあまり知性はない。

どうにもヤスオカが立ち直らないので、時間をかけてよくよくきいてみると、女子に食事の誘いを断られたからという、ごく合点のいく理由が漏れてきた。ヤスオカは美男なのにねえ、見る目がないんだねえ、と適当に慰めると、彼氏のいる女の子はね、いる、って、そういうゼッケンをつけて生きてってほしいっす、見た日だけではなかなかわからないっす、とヤスオカはへんてこな義憤を振りまわした。

「なんか、いなさそうな子に言ったの？」

いなさそうな子って、失礼な話だなわたしも、と思いながらヤスオカのほうを見ると、ヤスオカはパックをひっくり返しながら思いつめたように頷いた。へー、誰、とおそらくわかりもしないくせに、社交辞令で一応言うと、意外な名前をヤスオカは提示してきた。バイトの勤怠管理担当社員のヨコヤマさんだった。

ヨコヤマさんか、とわたしは感慨深げになり過ぎないように気をつけながら、さりげなさを装って呟いた。ヨコヤマさんは、なんというか、わたしが言うのもなんだけれど、わたしと同じぐらい女の子としてインポテンツというか、それらしくない子だった。いや、告白すると、わたしと同じぐらいどころかわたし以下である、と自分では定義していた。化粧っけがまったくなく、私服も地味で女の子らしい華やかさとは縁がないように思われた。それにくらべてまだわたしは眉ぐらいはなんとかしてるし、小物にだってちょっとだけこだわりがあったりするのだ、まだましだ、と自分では思っていた。

「声とか仕草とかが、なんかいいような気がするんすよ」

そうだね、彼女はかわいいね、どういうとこがいいと感じる？　と好奇心でそんな偽善的な質問をすると、ヤスオカはそう答えた。わたしは正直言って、ヤスオカがそんな細かい要素まで見ていることに驚いた。わたしでも見れてないのに、と甚だ傲岸な感想を心中で述べていると、ヤスオカは溜息をついて、満杯になったコンテナをのけて、空のコンテナを足元に置いた。

「やっぱでも、ニッチかなとか、そういうことを女の子に思うこと自体が失礼だったみたいだなあ」

ヤスオカは、反省している面持ちでそのように続けた。

「ニッチって君ね」

そう言いながらも、ヨコヤマさんが女子としてニッチだとヤスオカが述べることにあまり違和感はなかった。どういう人とつきあってるんだろう、ヨコヤマさんは、と深く興味を感じたので疑問を呈すると、ヤスオカは首を振って、答えてくれなかった、とかなしそうに言った。

ラインが忙しくなり、しばらくの間、わたしとヤスオカはまったくの無言で作業を続けていた。わたしは、「自分が機械になったような感じ」になるのにちょうどいいような作業の込み具合なのに、なぜかヨコヤマさんのことが頭から離れなくて、機械にはなりきれず人間のままパックを引っくり返していた。

いいなあ、ヨコヤマさんは童貞じゃないのかなあ。

そう思いながら次々とパックを流していると、ホリガイさんあれ！　とヤスオカが直前に流した一つを指差した。あわてて取りにいくと、底面の、フィルムを切断するときにできる筋がだまになって大きく破れていた。ヤスオカは、にやーとわらいながらわたしからパックを受け取って、コンテナに立てた。それからもわたしは、いくつも不良品を逃してしまい、そのたびにヤスオカは笑みを大きくしていった。いつのまにか、落ち込んでいたヤスオカが元の能天気な様子に戻り、わたしが自己嫌悪に陥る破目になった。わたしのほうがヤスオカより三年半も先輩だというのに、見落しの個数はヤスオカのそれより着実に増えていった。

わたしが、あんまり何度も定位置を離れてコンベアを追っかけてパックを取りにいくものだから、下流にいる八木君がマスクを引っ張って、だいじょうぶー？　と声をかけてくれた。そんなふうに気にかけてもらうとわたしはすぐに元気を出して、八木君に手を振って、調子を取り戻そうと、強くまばたきしたりシャツを直したりした。

気分がましになってくると、自分に正直になってみようという気持ちが芽生えた。すなわちそれは、気になっていることに対し自らの見解がマイナス方向にむかっていることを恐れず、疑問を解消することだ。

あの陰気な子はどんな男と付き合ってるんだろう。

「こんどきいてきてよ、ヤスオカ」

「なにを？」

「ヨコヤマさんがどんな人と付き合ってるかさ」

ヤスオカは、えー、えー、そんな未練たらたらなほどじゃないさー、と不平を唱えたけれど、わたしが今まであんたになにか頼みごとをしたことがあったかね、と目を眇《すが》めて見上げると、わかりました、わかりました、とすぐに降参した。

どんな人だと思う？　そうヤスオカにきくと、年上かなあ、と首を傾げて、それ以外出てこない、と黙り込んだ。

わたしは、なんだか浮ついた心持ちを抱えて、下流でぶりぶりと働く八木君を見つめていた。健全に性的であり、頑強でおおらかな八木君はまるで、人間になったインドの象の神様のガネーシャみたいだと思った。

イノギさんのバイトは河原町通のファッションビルの清掃員だった。わたしはもうほとんど学校へは行かなくなっていたので、時間割が合わず、ノートの受け渡しは大学の外ですることになった。イノギさんのバイトは夕方の五時から夜の八時半で、わたしの最近の昼のシフトは昼の一時から日暮れ前の五時までで、特に都合がいいというわけではなかったけど、イノギさんの勤めるビルが下宿からそこそこ近いところにあったので、わたしがそちらに出向くことになった。

いったんうちに帰って、ぶらぶらしがてら目的地に行くことにした。市場を通ると、給料が入ったばかりだったので、細かい散財がかさんで、いつのまにかビニール袋を両手に一つずつ持っていた。切らしていたトウモロコシ茶や豆乳やにがりを補給し、袋から突き出した九条ネギを持て余し、安いからといって無駄に買い込んでしまったくずきりをだぷだぷいわせながら、閉店の前の市場の通りをのろのろ進んだ。造花のように細工された麩をあまりにも長いこと眺めていたものだから、お店の人に声をかけられて買う破目になったり、日常的に食べるには少しお高い京野菜を物色しながら、週末ぐらいに重箱入りの弁当を作って、それを食べながら「アラビアのロレンス」を観ようと考えた。中学のときにテレビでやっていたのを観てから、アリ首長が大好きなのだった。本当にどうしようもなく好きで、オマー・シャリフのような人に出会えるとしたら一世紀ぐらいなら待てる、とまで思いつめていた。硬派だったのだ。硬派っていうのも違うか。定期入れに写真を入れていた。しかし十九歳の時に、イギリスのバンドの男のまねっこをしている女がオマー・シャリフのような外人に出会う確率の驚くべき低さにやっと気付き、人生は妥協が大切なのだ、と急速に軟化し、まず容姿が軟化し、男の趣味も軟化し、人間性も軟化していった。が、さらに今になって考えてみると、転換以前と以後の生活に何ら大きな変化が見られないことが判明し、所詮わたしはわたしなのだとがっくりきて、そしてすぐにどうでもよくなった。

そのような間抜けな思い出にひたりつつ、アーケードのある寺町通にぶつかる頃に時計を見ると、半時間もかけて歩いてきたことに気付いて、少し呆れた。数軒をはしごしてきたので小さいポリ袋の荷物が溜まり、通りの端っこで大きめのにまとめると、袋が不規則な形にふくらんで、なんだか小袋をいっぱい持っているよりも不恰好になった。イノギさんの退出時刻にはまだしばらくあったので、新京極通にあるスタンド仕様の食堂に入った。小さなオムレツとソーセージをつまんで、高い位置にある映りの悪いテレビでやっているバラエティ番組を、耳でだけぼんやりと聴きながら、日本酒のあてにどて焼きばかり三回もおかわりしている隣に座ったおっちゃんになぜか自分を重ね合わせたりした。他人にふれまわるほどではないが自分なりに充足していて、けれどその充足は孤独と同居しているというような、そんな感じの人だった。

バラエティ番組が終わるといい時間になっていた。イノギさんの勤めるビルは、それなりにあか抜けたコンセプトを掲げていて、ネギの突き出たビニール袋をぶらぶらさせながらうろうろしている人はまず見かけないようなところだった。わたしもまったく行かないわけではなかったけど、買物袋を下げて入るのは初めてだったので、いくぶんちぢこまってエントランスをくぐった。イノギさんは、週五回、一階から三階までの各フロアの清掃を担当していると言っていた。時給は八百五十円なんだそうだ。なんでその時点でそんなことを知っていたのか不思議なのだけど、おそらくわたしがいつもの社交辞令で尋ねたと思われた。実際、清掃員のバイトの面接を受けたこともあったのだし。

あのケープコートほしいなあ、とか、あのスモックかわいいなあ、とやに下がりながらトルソーに近づいては値段を見て落ち込んで、を繰り返し、やっぱりまたシフトを増やしてもらおうか、卒業までの数ヶ月はせめてぜいたくをしようか、と考えていると、背中に何か棒のようなものを突きつけられたので、ぎゃあっと喚《わめ》いて飛びのいた。イノギさんだった。モップを持ったイノギさんは、浅葱《あさぎ》色の制服を着て、目深に被った帽子の庇の陰でにやにや笑っていた。多めの髪は、後ろで一つにまとめられていた。

「すぐにわかったよ」

イノギさんはモップの柄でわたしの買い物袋を指した。

「そんなに不似合いかな」

わたしが片方の買い物袋を持ち上げると、イノギさんは照明に透けたビニールの中身をのぞきこんで言った。

「主菜がないね」

へんな感想を言う子だな、と思った。

今は見ての通りノートは持っていないので、ちょっと外で待っていてくれ、と言われたので、わたしはビルの外に出ることになった。ちょうどゆっくり閉店の鉄格子が降りてきているところで、身を屈めてその下をくぐりながら、格子が頭のてっぺんを直撃するところを思い浮かべた。わたしにはそのような、最悪を想像して最悪に備えるくせがある。そのぐらい自分を信用していないということだろう。指を落とす場面を思いながら野菜を刻むことなんてしょっちゅうだし、地下鉄がやってくるたびに電車とホームの隙間に爪先を突っ込んでしまうシミュレーションをし、自動ドアをくぐいる時はまさに自動的にドアに挟まれる自分を思い浮かべる。自分がほんとうにえらいことになったときのための自衛手段である。

ガードレールに腰掛けてトートバッグから文庫本を出そうとしていると、イノギさんが少し早足でやってきた。ワークパンツにアーミーコートを着て、妙に耳当てが長いニット帽を被っているうえに髪の毛も多いので、全体的にもこもこした感じだった。これです、とイノギさんがわたしに数枚のコピー用紙をわたして、用件は終わった。どっちの方に帰るの、ときくと、同じ方向だったので、わたしとイノギさんは並んで新京極のアーケードに戻っていった。イノギさんの下宿は御幸町通の町家《まちや》の一階なんだそうで、お洒落で落ち着いた通りに住んでいるのもあるけれども、なによりも町家ずまいであることをわたしは羨ましがった。おばあちゃんの友達に借りているのだという。その友達という人は二階で着付け教室をやっているんだそうだ。

分かれ道はすぐにやってきた。わたしが彼女に会うまでうろうろしていた錦小路通にさしかかってまもないところで、イノギさんは、じゃ、ここなんで、と言って交差する筋を指差した。わたしも、じゃあ、それじゃ、とうなずいて、イノギさんを見送ろうと立ち止まった。イノギさんはかすかに笑って、じゃあ、と手を上げて御幸町通を北へ、いつもの鷹揚な様子で歩いていった。わたしは少しの間、大き目のコートのせいで男の子のそれのように見える彼女の背中を見送って、庇の蛍光灯がまだ明るい四条通へと折れていった。

　ばたばたという足音はすぐにわたしを追ってきた。ホリガイさん！　と声をかけられて振り向くと、イノギさんが、忘れてたっ、と、やられたっ、とでも言いたげな、少し責めるところがあるような声音を投げかけてきた。わたしは少し考えて、そういやコピー代払うの忘れてたね、とすぐに過失を思いついて言うと、イノギさんははっとしたような顔付きになり、それもそうだけど、と口籠もったのち、ハンバーガー、くれるんじゃなかったけか、と顔を上げた。そういやそんな約束もしたっけなあ、なにしろわたしの言うことは七割でまかせだからなあ、と自分のいいかげんさを疎んじながら、このままファーストフードの店を探して買い与えるのもなんだか間抜けなような気がしたので、わたしは、今日の買い物での戦利品が詰め込まれているビニール袋をごそごそ探して、桜の枝の形に細工された麩を取り出した。三つ入りのパックで、そのうちのひとつは、くずきりやら豆乳やらにもまれてよくない衝撃でも受けたのか、枝が先っちょで折れていた。

「お礼にこれをあげよう」

イノギさんはわたしから細工物の麩のパックを受け取って、首を傾げて眺めた。帽子と髪に隠れてその表情はよくわからなかったが、口元がほころんでいるように見えた。コピー代を出すためにがま口を開けていると、でも麩なんてなんにつかったらいいかわからんな、あんまり食べん、と硬い声でイノギさんが言った。それは困ったなあ、とわたしは、麩の使いみちがないことよりもイノギさんが意外と難しい子であることに首を傾げると、イノギさんはにやっと笑って、行ってみたいカフェがあるんですけど、とその店があると思しき方向に緩く人差し指をさした。

たかられているのだな、とわたしはさして驚きも嘆きもなく思った。年下はわたしによくたかってくる。やり易い相手なんだろう。勿論安いものしかおごれないのだけど。ヤスオカにもしょっちゅうジュースだのガムなどをおごってしまう。ヤスオカがあまりにも喜ぶものだから。

わたしはイノギさんの提案を承諾し、また連れ立って歩き始めた。イノギさんは、それまでもふてくされていたわけではなかったけれど、比較的陽気になり、ノートをコピーしてくれた講義の担当教授の悪口を言い始めた。偉そうなこと言ってるけど、チビなのさ、と。所詮は無粋な処世術の話をしてるのさ、と。学生に手をだしたらしいよ、と。最後には人生経験だと哲学者のくせに言いやがる、と。わたしにはあまり教養がなく、テレビもニュースと映画とお笑いしか見ないので、イノギさんが批判する教授のことは知らなかったが、イノギさんが権威をやすやすと受け入れるおっとりした女の子ではないことはよくわかった。ある意味それは、男ものの服ばかり着ているアンバランスな外見とバランスがとれているようだった。

本能寺の裏手あたりのその店は、夜中の二時まで開いているところで、わたしも何度か映画を見た帰りに立ち寄ったことがあった。その話をすると、話題は急に映画のほうに流れた。あまり親しくない人との会話は、親しい人とのそれよりいくらか流動的な度合いが高い。イノギさんともそうだった。ぎこちないお喋りは、それが下手であればあるほど通り過ぎる題目の尾っぽをつかまえようともがく。わたしは、卒業論文に映画監督について書くほど映画が好きだったので、変に熱くならないように注意しながら話を続けた。

卒論は映画監督についてなんだけどね、趣味みたいなもんだから楽だな、と言うと、監督ってどの監督について書くの、とイノギさんがききかえしてきたので、わたしは、しまったな、と思いながら、『中国系映画監督と日本の女子の結婚観』というテーマなんだけど、と話した。

「チャン・イーモウっていう監督とアン・リーっていう人を比較して、百人以上の女子に二人の監督したものの中で好きな作品をひとつと、結婚するならどっちかっていうのをきいて、それぞれの結果がかみ合わないことについて、それはなんでかっていうことを書くんだ」

百人以上というのは嘘だった。それはただの予定人数にすぎない。今のところ集められている回答は十人そこそこだった。とにかくその二人の撮った映画をそれぞれ一本ずつでも観ている女子に回答が限られるので、ネットも使わず街頭にも出ず、人脈だけで十人そこそこのアンケートを収集できただけでも誉めてほしい、という具合だった。どうしてチャン・イーモウとアン・リーなのか、ということに深い意味はない。ただ、他の中国系の映画監督を対にするよりも、互いに芸風が近いような気がしたので、この二人を選んだのだった。好きな作風の監督＝結婚したい方、という単純な図式を成り立たせなくすることで、それぞれの監督の見た目やキャラクターや作品の間にある細かいズレがより明確に浮き上がり、アンケート対象者である女子がいったい男の人のどのあたりを見ているのか、という部分がくっきり見えてくるのではないか、というのがねらいだった。

「わたしは、好きな映画はチャン・イーモウの『あの子を探して』で、結婚したいのはアン・リーやなあ」

イノギさんは、わたしの説明にじつに素早く反応した。わたしは、反射的にトートバッグから筆記用具を出して、ダブルリングのファイルから、穴をあけた校内の左翼チラシの裏紙を抜いてメモをとった。そして、ここに理由を書いて、とへんに事務的になってイノギさんに差し出していた。イノギさんは、コーラで割ったトフィリキュールをずるずるストローで吸いながら紙を裏返して、また引っくり返して、しばらく考えさせてくれる？　と顔を上げた。わたしは、いくらでも待つよ、と厳粛に頷いた。

わたしはイノギさんにペンを渡し、イノギさんはわたしにトフィリキュールを寄越してくれた。キャラメルラテを早々に飲み干してしまったわたしは、イノギさんの目に哀れに映るぐらい彼女の手元の飲み物を見ていたのだろう。イノギさんは、全部飲んでいいよ、とまで言ってくれた。いや、お代はわたしが払うんだけれども。イノギさんの飲んでいたトフィリキュールは、舌がやけて歯に沁みるほど甘く、しかも炭酸のおまけ付きのほとほとくどい飲み物だったが、そのくどさが妙に舶来ものの情緒を醸しだしていた。バニラアイスがあったなら、迷わずグラスに突っ込みたいと、そんなことを想像するだけで少し幸せになった。呑み助のオカノのようなひとはきっとすごくばかにするだろうけど。

簡単な回答でいいのに、イノギさんは真剣に考え込んでいる様子で、わたしはというとだんだん酔いが回ってきて頬が熱くなり頭が重くなってきた。

「ホリガイさん自身はどうなの、この質問」

なんだか煮詰まるものでもあったのか、わたしが飲み干したトフィリキュールの残った氷を噛み砕いたあと、イノギさんはそのように問い返してきた。

「わたしは、好きな映画はアン・リーの『いつか晴れた日に』で、結婚したいのもアン・リー」

首を傾げたまま、半開きの目でのろのろと答えると、お堅いかんじやね、とイノギさんは笑った。よかったら協力してもらえるだろうか、お友達にもこれを渡して答えてもらえるだろうか、と打診すると、イノギさんは二つ返事で引き受けてくれた。

それから、ぽつり、ぽつりと、思い出したように話は続いた。途中何度か、店員がグラスをひきあげにきたので、そのたびに飲み物を注文した。ぼうっとした頭であることないこと喋りながら、わたしは頬杖をついたまま眠気にのしかかられていた。たいていはすぐに眠ってしまうから、人前では飲まないのだ。他の人に迷惑をかけるわけにはいかない。自称お笑い好きの男に大根サラダを引っ掛けられた飲み会で、わたしは、こういう時に人は呑むものなのだと唐突に決め込んで、居酒屋のトイレで眠り込んでいるところをオカノに保護された。今もその話をネタにオカノにからかわれることがある。十八歳だったんだよ、許してくれよ、と言うよりほかはない。

揺さぶられて目を覚まし、とっさに時間をきくと、それに答える代わりにイノギさんは、もう遅いから帰ろうと告げた。がま口を出すのも億劫で、レジの横の雑貨の棚につかまって放心していると、イノギさんが会計を済ませていた。後で払うから、とやっと言うと、イノギさんは何度か信用していないような様子で頷いて、わたしの背中を押してエレベーターに乗せた。

「うちどこなの」

「四条新町通」

わたしは、エレベーターの冷たい壁にもたれていると気持ちがよいのだといって、なかなか離れなかったそうだ。伝聞形なのは、わたしがエレベーターに乗ってからイノギさんのうちに連れてってもらうまでの記憶があいまいだからだ。わたしは、晩の六時に閉まるお香と文具の店のシャッターを指差して、閉まるのが早い！　と指摘し、漫画専門店の横の壁に貼ってあるきわどい衣装の巨乳の女の子が描かれているギャルゲーだかエロゲーだかのポスターに向かって、乳首が出るだろう普通！　と毒づいていたのだそうだ。一見酔っているようには見えず、よたよたもせず歩いているのだが、興味をひくものにはまっすぐ向かっていくのがなんだか怖かったから、一人で帰らせるのが心配になりうちにあげることにしたんだ、とイノギさんは言った。

わたしの頭がはっきりし始めたのは、友達の東北旅行のお土産だという説明と一緒に黒豆そば茶をふるまわれたにも拘わらず、これどこで買ったの？　と訊き返したあたりからだった。

「友達が福島に行ってきたんだけど、そのお土産」

イノギさんは根気よく説明しながら、わたしの買ってきた食材を冷蔵庫にしまってくれた。わたしは、イノギさんが出してくれたそば茶を飲みながら、えんえんと、コーン茶もおいしいよ、飲んでみなよ、本当だよ、と繰り返していた。

真夜中といってもいい時刻であったのにイノギさんは、眠る支度をする様子もなく、晩酌の用意を始めた。先ほどカフェでケーキなどを食べたとはいえ、晩御飯としてはオムレツとソーセージしか食べていなかったわたしは、猛然とおなかがすくのを感じて、けれどカフェのお代も払わないといけないし、市場で散財していたこともあって持ち合わせがあまりないことに気付き、仕方なく、冷蔵庫を開ける許可をもらって豆乳を出してきた。イノギさんは器とぽん酢をわたしてくれて、にがりがあったからおぼろ豆腐でも作れば、と提案してくれた。わたしは、お礼にくずきりを開りてイノギさんのぶんもおぼろ豆腐を作り、お酒のあてにしてもらった。

淡白なものばっかり、と笑いながらも、イノギさんはおいしいと食べてくれて、晩酌を終え、今度はゲーム機を引っ張り出してきて上海を始めた。寝たかったらあっちの部屋で好きにしといてくれていいから、とイノギさんは首で奥の間のほうを示した。イノギさんは、学生としては贅沢なことに八畳の部屋を二間も持っているのだった。どちらの部屋もすっきりと片付いていて、おまけに奥の間は庭に隣接していて、ちょっとした旅館といってもいいぐらいだった。いいなあ、うちなんか落ちてるブラジャーの金具踏んでかかとから出血したりするんだよ、となかば自業自得の自宅の文句を言うと、イノギさんはぶっとふきだしつつも画面を見たまま、実家住まい同士で付き合ってる子にご休憩で提供したいと思うときもあるよ、と言った。

電気をつけないまま、五千円ぐらいとれるよ、一週間で三万五千円だ、すごいな、などと暗い部屋から話し掛けていると、だんだん目がさえてきて、わたしはもといた部屋に戻って、器に残ったおぼろ豆腐をこそぎ始めた。イノギさんは、そんなに毎日横で交尾されたらわたしはどこで寝たらええん、と笑いながら牌を消していった。うちにきたらいいよ、アイデア料として一日二割くれたら、と答えると、ブラジャーの落ちてる部屋に泊まって一日千円なんてわりにあわん、とこっちを振り返って首を振った。付き合ってる人いないの、ときくと、前にいたけどこっちの不手際で、とイノギさんはひらたく答えて、口をつぐんだ。

わたしもたいがい夜型だけれど、イノギさんはどうもそれ以上であるらしく、丑三つ時をさらに数刻過ぎてもゲームを止める気配を見せなかった。むしろ調子はあがっているようで、複雑に積まれた同じ柄の牌を見分ける速度は、一ゲーム目より遥かに増していた。わたしはというと、眠かったはずなのにだんだん目がさえてきて、かといって話すことも尽きてきたので、ゲームに参加させてもらうことにした。わたしは、バイトで検品をやっているわりには観察力に欠けるようで、イノギさんは何度ももどかしそうに、ほらあれとあれが一緒なのに、なんでわからんかな、と自分のことのようにに悔しがった。わたしは、ゲームで負けることには慣れているので何度手詰まりになってものんびりとプレイを繰り返し、イノギさんはそのたびに焦《じ》れて、あれとあれなのに、と指摘しつづけた。

「ほかのなんか、する？」

見るに見かねたイノギさんの申し出だったけど、わたしはゆっくりとだがなんとなくこつを掴み始めていたので、べつにいい、と答えた。だってそんなに負けつづけちゃったらねえ、とイノギさんは憐れむように言ってくれて、テレビの下のラックからソフトを溜めているケースを取り出して物色し始めた。

「負けるのには慣れてるんだー」

なんの気なしにそう言うと、イノギさんは目を大きく開けてわたしを振り返った。それがなんというか、今までのぼんやりした一連の会話の中で現れるには、なんだか不似合いなような真剣な顔付きで、わたしは少し及び腰になった。

そんなことを言いながらも、わたしだって公務員試験に受かったのだし、今の大学だって、いろんな大学のすべりどめにされているようなところだけど、ともかくも大した努力もせずに合格したのだし、節目節目でそう悪い目ばかりみているわけではないと思う。けれど、地下鉄に乗る順番や講義の席取り、学食で最後に残った食べたいお惣菜を横から持っていかれる確率などの日常レベルにおいては、わたしはあまり勝ち組とはいえない。先日アスミちゃんを部屋に連れて帰って、結局次の日のバイトを遅刻する破目になったのも、河北にへんなことを言ってしまって飲み物をかけられたのも、どう考えても勝ち続ける人の所業ではない。

けれど、よくよく考えたら、あの日アスミちゃんを連れて帰った延長上でわたしはここにいるのだった。そんなことに気付くと、なんだか不思議な気分になった。わたしの最近の負けを象徴するアスミちゃんが、ノートのコピーを介してイノギさんとつながっているのだ。少しだけ報われたような気がした。なぜ、報われたような気がしたのかは、その時にはわからなかったけれど。

「わたしが人生でいちばん負けたーって思ったのはね、小学三年の一学期の終業式の朝に、男子に二人がかりで殴られたこと」

わたしは、すでに自分の中で笑い話になっているのか、もしくは未だ痛む生傷なのか、そのきわにある体験を話し始めた。なぜだかイノギさんにきいてほしいような気がした。

そいつらの顔をはっきり思い出すことはできるのだけど、名前は片方しか思い出せない。それもぼんやりとしか。ヤマダだったかイマダだったか、なんだかそんな名前だ。終業式の朝、わたしは、名前の思い出せないほうが上履きを履いたまま机の上を渡り歩いていたのを注意したのだった。これも名前を思い出せないのだけど、わたしの友達の女の子が、筆箱を踏まれて泣いていたから。男子も女子も、誰も何も言おうとしなかった。そいつは比較的からだが小さかったので、ちょっと上背があるぐらいの男子だったら怖くなかったはずだ。けれどそいつは傘で他の男の子を殴って鼻を骨折させたりしたことがあるような凶暴なチビだったので、皆構おうとはしなかった。わたしの隣に座っていた竹下君という成績のいい男の子も（これはなぜか名前を思い出すことができる）、七夕の短冊に「オールAを取る」と書いたのを、手を引っつかまれてAをCに無理矢理書き換えられて泣いていた。だからといってわたしに特別勇気があったとかそういうのではない。わたしはただ、そこを降りてよ、と普通に言っただけだったから。小学生の女の子にありがちの四角四面な正義感もなかった。なので、よもや逆上するとは思っていなかった。わたしは、そのチビが自分で野蛮なことをしているとわかっているだろうし、そんな机の上を上履きのまま渡り歩くなんてことは執着するほどの価値もない行為だと考えていたのだ。それが甘かった。わたしは、人間関係に疎かったのだ。人間の感情の動きに疎かったのだ。ただ人に何かを言われるということが気にいらない、そういう人間がいることがわからなかったのだ。ある意味、とても単純な子供だったと思う。わたしよりそのチビのほうが複雑な心のつくりをしていたのだ。

チビは不機嫌そうな顔付きで、降りてよ、と言ったわたしの顔面を上履きのまま蹴たぐった。そこで泣けばよかった。泣き喚いてせんせいに売り飛ばせばよかった。痛みについてはふしぎと記憶がなく、その時に感じた怒りだけがありありと思い出せる。チビの不遜な面差しが不愉快だった。そんなふうに、なんでも自分の思い通りになると思っているその心根が許せなかったのだ。わたしは、こいつに無力感を教えてやろうと本気で考えたのだった。

チビより背の高かったわたしは、チビを机から引き摺り下ろして、教室のうしろの空間に放り出した。そこに溜まっていた女の子たちは蜘蛛の子を散らすように教室の隅に退いていった。チビは勿論わたしに向かってきて、わたしの胸を殴り、腿を蹴り、腕を引っかいた。チビは脆弱なクソガキで、わたしはそんなのちっとも痛くなかったことを覚えている。男の子の鼻を折るのに傘を使ったのは、こいつが弱いからだとわたしはチビを蹴り返しながら悟った。鼻を折られたのは、クラスでもいちはんおとなしい、めだたない男の子だった。このチビは卑しい、とわたしは思いつき、そうなるとわたしの暴力はとまらなくなった。チビはチビでギャアギャアわめきながら暴れたくって手数を稼ぎ、わたしとチビはほとんど互角に格闘していた。勝てるんじゃないかとその時は思った。わたしは、そのチビが泣いてあやまってクラス中に大恥をかくところを夢想してほくそえんだ。

イマダだかヤマダだかがチビに加勢したのはそのときだった。わたしと目が合ったのだ。イマダだかヤマダだか（以下イマヤマダとする）は、わたしたちを止めに入るんだと思った。彼はそれなりに身体も大きく、クラスでも発言権の大きな男だった。イマヤマダは、その年頃の男の子なりに強引だが、それなりに公正な人間だと思っていた。それも甘かった。そもそも八つの混乱しきったがきどもに公正さなんていう感覚は存在しないのだろう。イマヤマダは、わたしの背中に肘を入れた。わたしは内臓が前に揺れたような衝撃を感じてつんのめったが、まだ倒れはしなかった。チビはここぞとばかりにわたしの腹を殴り、イマヤマダはわたしの髪をつかんで前後左右にめちゃくちゃに振った。頭の皮が頭蓋骨から剝がれそうだと思った。チビはわたしの股間を蹴りとばし、わたしは汚い教室の床にうつぶせに倒れた。それでもまだ抵抗しようとしていた。すぐにからだを裏返し、イマヤマダの顎を狙い、のしかかってくるチビを振り払った。チビはなにごとか喚きながらなんどもわたしの上に馬のりになろうとし、わたしはその度にチビをよけて、殴りかかってくるイマヤマダに拳を報いようとした。喚き散らすチビの合間に見えるイマヤマダの顔はつまらなさそうだった。力で負けていることよりもなによりも、わたしはそのことを屈辱だと感じた。平然とした顔付きのイマヤマダに、まともに頰を殴りつけられて、ぐらぐらしていた乳歯が抜けるのを感じた。乳歯が喉に入り、わたしは咳き込んで教室の床に涎を垂れながら歯を吐き出した。イマヤマダは再びわたしの髪を摑んで、顔面を床にたたきつけ、チビはわたしの脇腹を何度も蹴り上げ、尻を踏みしだいた。床の埃と足の裏の衝撃でわたしは何度も咳き込み、自分の吐き出した歯がほっぺたに食い込むのを感じた。

鼻がちぎれて頰が破れ、臓腑の形が歪んだように思えた。小学三年生がそんな表現をしないとするのなら、ただ、痛い、いたいいたい、息ができない、吐きそう、と、そういった単純な言葉が、行を替え列を替え、わたしの思考の中をブロック崩しの玉のように飛びまわった。泣くという余技も不可能だった。まるでわたしの身代わりのように、女の子たちが泣き叫んでいた。さよちゃんが死んじゃう、と。

やっと先生が来たらしく、暴力の気配が消えた。わたしはなんと、自力で立ち上がり、服についたほこりをはらった。スカートもシャツも足型だらけだった。イマヤマダとチビは他の男子の中に紛れようと逃げたらしく、勇気ある女の子がそれを指摘し、彼らは隣のクラスの体育会系の先生に引っ張られていった。

わたしは、廊下の隅で担任の先生に事情をきかれながら、「痛くはなかったんだけど」と何度も付け加えた。けれどそれもしゃくりあげながらだったので、なんの説得力もなかったに違いない。もっと痛い痛いと泣き喚けばよかったのに、と今は思う。そうすればそのクソガキどもの親から菓子折りのひとつやふたつでもぶんどれたのに、と。うちには連絡しないでください、自分から言いますから、とわたしは先生に言った。それを鵜呑みにする教師もどうかと思うけれど、結局その一件は、数年後わたしの口から語られるまで母親が知ることはなかった。そのもめごとの四十日後に、母親はわたしを連れて家を出た。父親がまた仕事をやめたらしかった。夏休みが終わり、わたしが祖父母の家で暮らし始めた頃、父親がわたしのピアノを売り飛ばしたことを知った。

そんなわけでわたしは、あの小学校のあのクラスでは、最後に登校した日に男子と喧嘩をやらかしたみっともない女子として記憶されている、たいへんはずかしいことだ、と話をしめくくった。イノギさんは、じっとわたしの眼を見ていた。息が詰まるのを感じた。人というより、絵の中の人物が生きていて、それに凝視されているような、不思議な不安感にさいなまれるのを感じた。遠くから見たときのイノギさんの鷹揚な佇まいは、どこか幽霊のようでもあったけれど、今まさに間近にいてもそのように見えるとわたしは思った。

「そのガキは今どこにおるんかな」イノギさんは気だるげに口を開きうつむいた。

「ユニセフに怒られてもいいから、どうにかできんもんかな。原付で軽く轢くとか」

「もうおとなになってるやろから原付ではやっつけられんかも」

「ガキをガキのままやりたいな」イノギさんはゆっくりと顔をあげて、わたしの背中越しのなにかをはんやりと眺めた。わたしを見ているようで見ていないような眼差しとも言えた。「そこにおれんかったことが、悔しいわ」

しばらく視線を合わせないまま向きあって黙り込んでいると、イノギさんはおもむろに立ち上がって、奥の間に布団を敷き始めた。

わたしは、イノギさんの目の奥に見え隠れする暗さについて考えていた。それは、古びて乾きかけた水彩絵の具の黒色に似ていた。艶がなく、画用紙の上で水の中で、ゆっくりと拡散する黒だった。

イノギさんは、よほど丁寧に布団を敷いているのか、長いこと奥の間から出てこなかった。わたしは手持ち無沙汰になってきて、リモコンをとってテレビのチャンネルを片っ端から試したのだけど、深夜なので通販かイベントの宣伝かCSから流用したニュース番組ぐらいしかやっていなかった。仕方なく、いつも持ち歩いているダブルリングのノートを取り出して、ぱらぱらやり始めた。学校帰りやバイト帰りに買い物に行くときに参考にするレシピのプリントはいいとして、自分が書いたメモとして挟んであるものは、ほとんどもう不要のものだった。それでも、その要不要の選別をするのがめんどうで、すべてがそのままになっていた。風水で悪いものがつくからよくないというので、日記のような、日々の所感のようなものは残さないようにしていることもあって、書かれてあることは誰かの電話番号だとか出先の住所だとかそっけないものばかりだ。けれど、最後のページにはわたしらしくもなく、絵が描かれてあった。河北に見せた、つぎはぎだらけのお人形の絵だった。

まあそりゃ怒るわな、悪いこと言ったわな、などと考えをめぐらせながら落書きを指でなぞっていると、ノートに影がおちて、頭の上でイノギさんの声がした。

「それなに?」

イノギさんはちゃぶ台につき、興味深げにノートをのぞきこんだ。

「『ナイトメアー・ビフォア・クリスマス』のサリー」

「あんまり似てないね。好きなの?」

「どうだろう、劇場で一回しか見てないけど好きかな」

「実家に、友達に録ってもらったビデオあったかも」

イノギさんは、しばらくわたしの落書きを眺めて、やがてまあ、用意できたんでどうぞ、と奥の間を指差した。イノギさんは、申し訳なくなるほどちゃんと布団を敷いてくれていた。学生の下宿なのにお客用の布団がちゃんとあるのは、実家からときどきおばあちゃんが歌舞伎を観に京都にやってくるからだとイノギさんは説明した。なし崩しに泊まることになってしまってすみませんすみませんすみません、とわたしは何度もあやまって先に布団にもぐりこみ、ほとんど数秒で眠ってしまった。適度に乾いていて重い、寝心地のいい布団だった。

目を覚ました時には、すでにイノギさんは起きだしていて朝ごはんを食べていた。携帯で時間を確認すると、十一時をまわっていたので、厳密に言うとブランチなのだけど。イノギさんは、冷凍のハッシュドポテトを温めたものに梅酒を啜りながら、ぼんやりと国営放送のニュースを観ていた。挨拶をして、少し離れて立て膝で座ると、イノギさんは無言でちゃぶ台の上のトースターにポテトを置いてダイアルを回した。飲めないんだっけ？　ときかれて、習い性のようにあやまりたおしながら同意すると、冷蔵庫からトマトジュースを出してきてくれた。調理済みのポテトをかじり、トマトジュースをすすりながらニュースが終わるのを見送ると、先に食べ終わったイノギさんが、学校とかバイトはあるの？　とまだ覚めきっていないような目付きでこちらを見た。昼から、と答えると、わたしも昼から、と眉をひそめて大儀そうに笑った。

正午はすぐにやってきて、わたしとイノギさんは連れ立って下宿を出た。前日は結構喋っていたはずなのに、言うことがなくて、二人とも黙っていた。土曜の御幸町通は、品のいい引き算テイストのお洒落な子たちがたくさんいて、ウィンドウに映る起き抜けのわたしとイノギさんはあまりにもくたびれて見えた。やっと口をひらいたイノギさんが、四条新町通のどのへんに住んでんの、ときいてきたので、向かいに華道と茶道の短大があるワンルームの三階、と答えた。

別れ際にイノギさんはアンケートを返してくれて、わたしは前の日のカフェでの借金を返した。わたしのぶんのはいいよ、とイノギさんは言ってくれたのだけど、わたしは強引にお金を押し付けた。

電車に乗りこみ、返してくれたアンケートを綴じるためにノートを開けると、見慣れないページが加えられているのが見えた。最後のページの人形の絵に色が塗られていたのだった。アンケートは、一晩預けたわりには簡潔なもので、「もし結婚するならどちらの監督がよいですか?」という質問には、「アン・リー。消去法で。チャン・イーモウはいい映画を撮るしべつにかまわないんですが、ときどき特定の女優に対するとち狂ったような愛情を感じてひきます。ああいうとこさえなければねえ」と書いてあった。力のぬけた笑いがこみ上げてきて、わたしはノートを閉じた。

次年度の学生向けの公務員試験対策に、簡単な面談を受けにきてくれと就職課から留守電が入っていたのは、イノギさんの下宿に泊めてもらった日の次の週のはじめごろだった。うちのゼミにはいまだ就職先の決まっていない学生が何人かいたけれど、師走ともなるともう三年生のための就職セミナーが始まるのだ。きくところによると、学内で今年公務員試験を受けて合格したのはわたしを含めて片手で足りる人数らしい。納得のいかない人数ではない。うちの大学はきわめてのんびりした校風で、それに対して本気で大都市の公務員を目指すような学生はそれこそ一年生のころからあれこれと学校に通ったり通信講座に入ったりと、学生生活の何割かを合格のために捧げる。うちの大学のぼんやりした遊び好きの学生たちには、それは少し酷だろう。わたしもぼんやりした遊び好きの学生の一人ではあるけれども、二年から講座に通ってそれなりに地元で合格するために時間を割いてきた。運の作用もかなりあっただろう。わたしの実家のある県では、たまたまわたしの希望する職種の採用人数を大幅に増やすという方針がとられ始めたばかりで、前年度に比べて倍率が半分以下まで下がっていたというのもあった。インターネットではそれに関するものすごい書き込みがたくさんあった。曰く、今年度の児童指導員は運しかない馬鹿ぞろいだから××県のガキどもの将来はお先まっくらだと。わたしは、なんの感慨を抱くこともなかった。努力はそれなりにしたにも拘わらず、じっさいに運だけで受かったような気もするし、うまくいきすぎて、自分でも自分の進路について現実感がなかったから、そう言われるとそうなのかな、とまで思ってしまっていた。

そんなふうであったので、面談を受けるために就職課に集まった、なにか選ばれたのであろう人々の中にあってわたしは、おどおどこそしてはいなかったものの、場違いな、自信なさげな空気を醸しだしていたに違いない。面談待合、とかかれた紙が貼られているソファに座って、わたしは初めて就職課にやってきた学生のようにきょろきょろしていた。それも手持ち無沙汰になってきて、隣で面談の番を待っている高く髪を結い上げて輪郭の強いメイクをした、いかにもしっかりしていそうな女の子に、同じ学年だというのに、どこに就職されるんですか、などとですますで問うと、やはりテレビでCMを流しているような名の知れた企業の名前が返ってきた。へー、すごいですねー、と間延びした様子で感心すると、女の子は首を傾げた。わたしは、こんなちょっとした機会であれ、彼女とわたしが同じカテゴリに入ったことを少し申し訳なく思った。

先に呼ばれたのはしっかりしていそうな彼女の方で、十五分ほどが過ぎた後、入れ替わりに、就職課の人たちの事務スペースの奥にある模擬面接を行うパーティションの中に通された。たいしたことは訊かれなかった。面接にどんなスーツを着ていったのかだとか、なにを訊かれたのかだとか、試験官はどんな感じだったかだとか。わたしは問われるままに、思い出せる限りの事実をそのまま話した。あまりになんの変哲もない、平均的なことばかりの羅列になったので、就職課の面談担当者の若い女の人は、学科の点が相当よかったんですかね、と首を傾げた。わたしはとりあえず、すみませんすみませんとあやまり、あやまると余計にその担当者がへんなことを言ってしまったような空気になって、早々のうちに解放された。それまでにパーティションの中に入っていった人の中で、わたしがいちばん面談の時間が短かった。

わたしが児童福祉に関わろうと思ったのは、勿論外部からの情報を加味して心を痛めたからなのだけど、その直接の引き金となった事象については、誰にも話してはいなかった。それはあまりにもつたなく、衝動的なものだったからだ。二十二歳にもなって、テレビの特番で見かけた行方不明の男の子を探すために児童福祉司の資格を取ったのだ、とはとても言えない。ある部分においては、わたしが自分の進路をまっとうする為の初期衝動であるということにおいては、正当な理由だと思うけれど、それをうまく他の人に説明する自信はまだなかった。その男の子のことを考える時のわたしの心持ちは、明らかに標準の大人として不適切だと思われたし、どこか妄想じみてもいた。

その当時四歳の男の子は、両親が目を離した数秒のうちに姿を消したのだという。父方の祖父母の実家の前、アブラナの咲いている土手で遊んでいる彼を残して、両親が祖父母を呼びにいっているあいだに。あらゆる川の底が浚《さら》われ、大規模な山狩りが行われ、全国のいたるところに捜索チラシが貼られたにも拘わらず、男の子は見つからなかった。それから十年の歳月が経ち、男の子の失踪は未解決事件の特集番組の中でとりあげられた。わたしはそれを十八歳の春に見ていたのだ。進学のための引越しを控えた三月に。まったくなにげなしに、晩ごはんを食べながら。彼と思しき少年を見たことがあるという証言がいくつか紹介されていた。ある人は、彼は犯罪者の一家にさらわれて彼らを手伝っているそうだと言った。ある人は、彼は、東京のどこかの、子供に売春をさせるところにとらわれていると言った。「おじさん」なる人と同居する彼の両腕には、手首から肘まで包帯が巻かれていたとその証言をした人は言った。わたしは、胃の底に黴がびっしり生えたような気分になった。

それからしばらく、わたしはとり憑かれたように食事も、よく眠ることもできなくなった。あまりに様子がへんなので母親に問いただされ、その話をしたのだが、ちゃんととりあってはくれなかった。たぶんやらせだろう、と母親は呆れたように言った。確かにかわいそうな話ではあるけど、あんたがおかしくなるようなことはないだろう、と。自分でもよくわからなかった。ただ、男の子の気持ちを想像するだけで、わたしは、下腹に重い石を置かれたような気分になり、どうして自分が大丈夫な状態でここにいられるのだろうと思った。どうして彼を見かけたという人間は、テレビ番組に証言を提供するぐらいなのに、彼を助け出そうとしないのだろうと思った。わたしは何度も、その番組に提示された情報提供のための電話番号に電話をかけようと受話器を取り、なにも言えることがないのに気付き、愕然とするのだった。漠然とした不安は、京都にやってきてからも消えることはなく、わたしは、自分が生きていることが疑わしくなるぐらい彼のことを考えつづけていた。十四になった彼はなにを思って暮らしているのだろうか、ただ望みのないことだけが傍にあるのだろうか、世界は自分を見捨てたと感じているだろうか。もし手首を切っているのならば、そんな抵抗をする意思が彼に存在することがせめてもの救いであるというようにわたしは思った。寒々しい考えだった。けれどそのぐらいしか、自分を丸め込む言葉が見つからなかったのだ。不安は水嵩を増し、そのようなことを黙認する世界ならばどう滅びようと結構、とまで思うようになった。再び食事がとれなくなり、入ったばかりの大学を休みがちになってから、ふと思いついたのだ。あの子を探し出すのだと。

それが、わたしの志望動機のすべてだった。それがおおきな回り道で、数え切れない矛盾をはらんでいることはわかっている。けれど、情報提供の回線に通じても何一つ述べることを持たないわたしは、自分の決めた進路が彼につながっていると信じるほかなかった。そう考えることでようやく、わたしはまともな生活を送れるようになっていった。今も彼に対する罪悪感に苛まれることがある。どうして自分はとんでいって君の傍にいることができないのかと。そういう時は彼の歳を数えて、成長した彼のことを想像する。そして、どうにかしてその成長から自由が勝ち取れないものかと考えるのだ。

成長と自由。なんだその綺麗ごとの言葉は、こんなの自分を欺瞞しきっていると、その後に思うのはいつものことだった。

以上のような混乱があり、わたしはどうしても自分の志望動機について本当のところを明らかにすることができなかった。へんな子だ、と思われたくないのだ。勿論、誰にも言ったことがないからへんだと言われたこともないのだけど、わたしには見えるような気がするのだった。信用してその話をしてしまった誰かの、困ったような半笑いが。

面談スペースのパーティションを出ると、待合の椅子には、いかにも精悍な、体育会系とおぼしきがっしりした体つきの男の子と、いかにも人のよさそうな、むかしは運動部に所属をしていたかもしれないが冴えない部員であったとおぼしき平均的な体つきの吉崎君が座っていた。今日はハスカー・ドゥのロゴの入ったトレーナーを着ていた。

「あら吉崎君」

そう声をかけると、吉崎君はばつの悪そうな顔をして片手を挙げた。でもこの人そんないいとこの内定もらってたっけか、と考えるまえに、おれは付き添いなんだけど、と吉崎君ははにかんだように目を眇《すが》めて言った。

「おれの付き合ってる子が、ここにいるはずなんだけど」

そう切り出して、言葉の説明に動作が先んじたのか、吉崎君は頭の上で髪を結うしぐさをした。その手の位置の高さから、わたしはさっきの女の子が吉崎君の彼女だということに気が付いて、その子ならわたしの前に呼ばれて出てっちゃったなあ、と答えた。それをきいた吉崎君は、そうかあ、困ったなあ、とさして困ったふうでもなく、携帯電話を取り出してメールを打ち始めた。わたしはもういちど、吉崎君の彼女という人を確認したく思い、用はすんだがそこにとどまっていることにした。吉崎君は返信を待つ間、へらり、とわたしに笑いかけ、先ほどの女の子のものからと思われるメールを受信すると、おれが待ち合わせの時間まちがえたみたい、こっちに来てくれるって、と経過を知らせてくれた。きれいな子だねえ、と賛辞を送ると、いやいやいやいやいや、と吉崎君は何度も首を振った。

そいや、吉崎君の彼女という人は、河北に手出しされたんだったなあ、と思い出すと、なんともいえない哀しい気持ちが湧き上がり、しかし同時に、ますますその人をもう一度見たい、という好奇心が頭をもたげた。

でもまあ、その好奇心を恥じる気持ちも同時にあり、なんでこいつ帰らないんだ、とでもいいたげな顔をしているのかな、すまんな、と思いながら、座っている吉崎君の顔を上から見ると、彼は、うざいなあ、というよりも複雑な、眉に皺を寄せて下唇を左右に動かし、なにかもの問いたげな表情をうかべていた。アスミちゃんと河北のことだろうか、という、甚だ歓迎しがたいであろう共通の話題について考えながら、さっきのメールの時、彼女どのへんにいたの、と訊こうと口を開き、じっさいに、さっきのメールのと、のあたりまで発声すると、吉崎君の声と自分の声が被ってきこえた。

「うちのゼミの飲み会に出入りしてた、文学科のホミネって覚えてる？」覚えてるも何も、求婚したことがあるので、わたしは頷いた。「先週、周忌やってんか」

吉崎君はそう言って、眉を寄せて笑った。笑うようなことではないのに、笑わずには言葉を続けることができないというような風情だった。

「残念なことだと思う」

わたしも結局、顔を歪めて、笑うしかなかった。一度しか会ったことのない男の子の死に涙を流すのはおこがましいことだと、そう思っていた。

「おれらは一年の時に、教免とるために行ってた体育の授業で知り合ったんやけどさ。

まあそっからお互いの連れ同士もつるむようになって、その内輪でさ、お別れ会をやって、まあ、飲むだけやねんけど、そこに、ホミネのゼミの先生も来てくれてさ」吉崎君は、何度もまばたきし、目の周りをしきりに指先でさわりながら、わたしの顔を見ずに続けた。「その先生は、ホミネの実家の法事にも出たらしくてさ。ホミネの実家は山形のほうでさ、やっぱし東北は寒いんよなー、とかって」

吉崎君は目を伏せて、しゃっくりでも出たみたいに喉と肩を動かして、言葉につまった。吉崎君が、言いたいことをまだ何も言えていないということがわかった。わたしは、なにも口を挟まないようにしよう、と彼が話し始めた当初思っていたのだけど、沈黙があまりに重く、なにか形式的なお悔やみの言葉をかけようと、からからになった口を開けると、吉崎君は何かに背中を叩かれたように、目を見開いて顔をあげた。「事故死やないんやと」吉崎君は、なにかとてつもなく大きな対象に向かって、畏怖しながら告解している人のように、首を傾げて上目にわたしを見遣った。「自分で」

その吉崎君の言葉尻は、彼の彼女という人の文句にかき消された。

「もう、五時十五分からってゆったでしょ、面談してるうちに来るやろおもてたから、やっぱり電車一本おくらせたんかと思って、駅に行ってたわよ」

そう言って近付いてきた彼女は、座っている吉崎君と立っているわたしを見比べて、不思議そうな顔をした。彼女の中では、わたしは吉崎君とは関わりのない人物なようだ。

「ホリガイさんは、ゼミが一緒なん。背高いから自分もなんとなく知ってるやろ」

自分が言おうとしていたことの重さを幾らか引き摺りながらも、吉崎君はわたしをゆるく指して彼女という人に笑いかけた。彼女は、訝しげに吉崎君を見返しながらも、ゆっくりとうなずいた。吉崎君はのろのろと立ち上がって、ほな、卒論がんばりや、と先ほどまでの話の内容とはまったく関係のないことを言いながら、また彼女と笑い合うためのリハビリのように、わたしに笑いかけた。わたしは、かわるがわる会釈しながら去って行く二人を見送って、自分も就職課から出て、とりあえず喉を潤すために学食に入った。

背中に冷や汗をかいてるのを不快に感じながらドアをくぐると、後ろから来た誰かに腕を引っつかまれて、ぎゃあっとわめいてしまった。

「そんなに驚くことか」

オカノだった。わたしは、話し相手ができたことを内心救いに思い、安心すると急速に甘いものが欲しくなり、ドーナツを食べにいこう、といきおいこんでオカノを誘った。オカノは、今は甘ったるいのべつに欲しくないんだけどなあ、と言いつつ承知してくれた。

セールをしていたので、中にクリームがはさまっているような甘ったるいものを買い込み、お替り自由のコーヒーを頼んで奥の席に陣取って、吉崎君が、穂峰君が、穂峰君のゼミの先生が、とさっきの就職課の待合椅子での会話を再現した。オカノは、ただうなずきながら、わたしのまとまらない吉崎君についての話をきいていた。

「自分で」

わたしの話が終わると、オカノは頬杖をついて、どこも見ていないような眼差しで呟いた。吉崎君の話をどう厳密に見積もっても、そこから導き出される穂峰君の末路はひとつしかない。

「その半年前に、わたしが初めて会った時は、元気そうだった」

「一回だけな」

オカノは、あとでお金払うから、と言ってわたしのドーナツをひとつつまんだ。

事情があったんだろう、とオカノは言った。わたしより何度か多く会った程度の付き合いだったけれど、オカノは穂峰君を知り合いというぐらいには認識していた。

「わたしも大概いろいろあったけど、そんな事情は想像がつかない」

「じゃあ、事情なんかなかったのかもしれない」

オカノはわたしの目を見据えて、厳粛に言った。先に目を逸らしたのはわたしだった。視線の迷い込んだ先には、入口の自動ドアがあり、その時まさに、女の子たちの一団が、あくまで楽しそうにかしましく店に入ってくるところだった。イノギさんがその中にいるのが見えた。イノギさんはけらけら笑いながら、このウィンドウの右から左まで一個ずつ、うそ、と言いながら、隣の女の子のコートの肘を引っ張っていた。


酒造工場の検品のバイトは、十二月の中ごろでやめる予定だった。二ヶ月も引継ぎ期間を持つと、さすがのヤスオカもゆき詰まらずに作業をこなすことができるようになっていたし、近頃はほとんど、わたしが注意したり手伝ったりする必要はなくなっていた。ヤスオカは、たった二ヶ月でもわたしにいくらかの恩義を感じてくれているようで、ホリガイさんは後ろで休んでいてくれたらいいっす、と殊勝なことを言ってくれるようになった。とはいっても、時給をもらっている以上は働かないわけにはいかないので、心の中ではヤスオカにすべて任せきりつつ、ただだらんとラインに立って、あれこれと話し掛けてくるヤスオカの相手をしていた。

「そいやね、まえにホリガイさんがきいてきたヨコヤマさんの付き合ってる人のことなんだけどさ」

ヤスオカはにやにやしながら、やたらとしゃかしゃかした動作で除ける品物をコンテナに詰めていった。

「ああ、そんな話もあったっけか」わたしは、ヤスオカの足元に座り込んで、ヤスオカがバックすると判断した日本酒パックのフィルムをチェックしていた。「どうやってきいたの」

「先週、お昼のシフトを誰か変わってくれないかって起きぬけに電話かかってきてー、そんで二時間目も三時間目も休講で暇だったから早めにこっちきて、そしたら昼休みになって、ヨコヤマさんが食堂で一人でごはんたべてたからー、ご一緒しませんかーって、そのときに」

ヤスオカは、間延びしつつもなにか企みのあるような口調で説明した。

「一人でごはん食べてんのか、あの人」

だろうなあ、とわたしは口には出さずに相槌をうった。

「寂しくないのーってきいたら、人と話を合わせるのはしんどいからって。大勢の中で一人でめし食うなんておれにはむりだなあ」ヤスオカは肩をすくめて、口元をひねった。「まあとにかくね、ヨコヤマさんが付き合ってる人って、八木君なんだよ」

わたしは、われながらありふれた反応だと思いつつも、手にしていた日本酒パックを倒してしまった。

「ほんとなのかそれ」

「おどろくよねー。ぜんぜん気付かなかったよねー。ヨコヤマさんから言ったんだって。もう三年になるんだってー」

ヤスオカは、わたしが倒してしまったパックを即座に立てて、もう片方の手でコンベアの上の不良品をひっつかんでコンテナに置いた。視界に靄がかかったようになり、わたしはコンベアの先の八木君の尻を凝視した。それはいつもと同じ距離のところで豊満に動いていたが、今日はまるで彼岸のもののように感じた。かといって今まで近くに感じたことはなかったけれど。近くに感じたかったのだけれど。

「しあわせそーだったよ」

「そりゃあな」

「悔しいの」

「仕事しろ」

後輩にはそんなふうに命令しながらも、わたしは、コンテナの縁に手をかけて床の冷気を尻に感じながら立ち上がることができずにいた。後悔の大きな手のひらに頭を押さえつけられて、ほらみろ、ほらみろと低い声ではやし立てられているような気がした。

ほらみろ、あの子よりわたしのほうがましとか考えてるうちに、ほらみろ、下品な夢想ばかりしているうちに、まったく。

自己嫌悪の沼に肩まで沈み込み、頭がくらくらして、自分が自分なのか自分じゃないのかわからなくなっていくのに、泣きはしなかった。ただしみじみと、わたしは八木君のことをよく思っていたんだなあと感じた。

「よく八木君の歌を作って歌ってたんだよ」

今だからこそいえる事実だ。

「おけつがどうとかいうやつ？」

しかもばれていた。

わたしは、肩にのしかかる言い様のない脱力感にさいなまれながら、せめて休憩室に居眠りでもしにいこうと立ち上がると、ヤスオカは、冷蔵庫にサイダーを冷やしてあります、と言ってくれた。

休憩室のそっけない事務机は、程よく冷たくて気持ちがよかった。わたしはサイダーの缶を片手に持って、片頬を事務机にくっつけて、誰もいないのをいいことにあうあうと唸っていた。失恋以前の問題なのに、そこまで落ち込む必要があるのか自分でも疑問だったが、とにかくそうしたかった。せめてもの白分へのはなむけに、頭の中で、わたしが八木君を思って作った歌を数え、これぞというものを口ずさんで、八木君への気持ちにお別れをすることにした。

「おーとこだがー、らちらしきー、ものがーあるー、たとえるならー、駄菓子屋にー、売っていーるあましょくぱーん」

八木君の胸元について詳しいことは知らないが、そうであればうれしい、というようなことを「ルパン三世」のメロディに基づき歌にしてみた。あまりに哀しくて、それ以上は歌うこともままならず机にふせって唸っていると、休憩室の戸が「あましょくぱーん」という歌声と共にがらりと開いた。八木君の声だった。それは穏やかなのに突拍子がなくて、少し裏返っていた。

「ホリガイさんはあましょくが食いたいん？」

八木君は、事務机がくっつけてあるのとは反対側の壁に隣接しているソファに腰掛けて、フーと息を吹きながら、首からかけたタオルで汗を拭いた。幸いなことに、歌の内容には疑問を持たれなかったようだ。どっちにしろ、わたしはあと数回の出勤で、それが終わってしまえばどんなことがばれていても気に病むことはないのだけど。

「あましょく食いたいね。ほっこりしたい」

頭がゆるくなっていたので、片手を八木君のほうに突き出してむにむにともむような動作をしても、八木君は疑問に感じなかったようで、工場出て道路渡って左行ったとこの角のローソンに売ってたよ、「ソフト甘食パン」て名前で九個入りで、と丁寧に説明してくれた。帰りに買って帰るよ、と答えると、給料日なんやから、寸志も出るんやから、もっといいもんにしたらええのに、と八木君はおなかをさすりながら言った。わたしは日を凝らして睫毛を拝み、ふいに涙がこみあげてきて鼻をすすった。

「風邪ひいたん?」

「寒い日が続きますからね」

この工場で働き始めた当初の、同い年で半年ぶん先輩の八木君にどう接したらいいのかわからなかった頃のことを思い出した。わたしが入る少し前に大々的な世代交代があったらしく、八木君は最初からラインのバイトの主任だった。最初は丁寧語で喋っていて、いつのまにかためぐちで話すようになった。それはひとえに八木君が気安かったからだ。わたしはそれまで一度も働きに出たことがなかったから、不安で不安で仕方がなかったのを、八木君が和らげてくれたのだった。

三年になるというヤスオカの言葉を思い出し、その頃にわたしから何か言っていればどうにかなったのかな、と考え、そのむなしさに頭を振った。

「ホリガイさん、じょうぶやのになあ」八木君は笑って立ち上がり、わたしのところに寄って帽子を叩いた。「まあ気いつけや、ヤスオカ君もできるようになってるから、定時までここにおってもええで」

そんなところを社員に見つかれば何か言われないわけがないのだけど、とにかく八木君はそう言ってくれて、わたしはがくがくとうなずきながら休憩室の戸が閉まる音を聴いた。

ラインに戻ると、ヤスオカがたいそう心配してくれていたので、わたしはすごく恵まれているんだろうな、とぼんやり思った。寸志でおごるよ、と飲みに誘ってくれたので、ありがたくお言葉に甘えることにした。男の人から飲みに誘われることなんか今まで数えるほどしかないので、とても貴重な機会なのだ。それがたとえヤスオカであっても。いや、いいじゃないかヤスオカ、背もでかいし、いい子じゃないか。

帰宅する方面とは反対方向の電車に乗って四条まで出てきてくれたヤスオカは、どの居酒屋がいいのか、なにが食べたいのかというのが話題のすべてであったにしろあれこれと消沈しているわたしに話し掛けて、沈黙を挟ませないでいてくれた。わたしは、彼の問いに力なく答え、彼の詠嘆にのろのろと相槌をうって、彼の一歩後ろを肩を落としきってついていった。わたしとヤスオカは、さんざんうろうろと歩き回ったあげく、台湾料理の居酒屋チェーンに落ち着いた。いい具合のところを探しているうちに、なんだか面倒になってきたのだ。

おごりと言われても、わたしは物思いに耽りすぎていて食欲も大してなく、ヤスオカは、おればっかり悪いなーと何度も繰り返しながら料理にがっついていた。そのヤスオカの様子を見ながら、きっとこういう時は、わたしなんかはうちにこもって一人で暗くなっているほうがいいんだろうな、と申し訳ない気持ちになっていた。とりあえず、おごらせるのはやめよう、割り勘にしよう、どちらが何を頼んだかは抜きにして、と考えながら、そもそもどうして自分は今ヤスオカと二人で飯を食っているのかがわからなくなり始めていた。

ものすごく落ち込んでいるのかというと別にそうでもない自分、が着々と頭をもたげてきていたのだった。たいそう八木君が好きなつもりでいたのに、どうも思いが叶わぬと知ったなら数時間で諦められてしまうということに気付きかけていたのだった。それに比べてヤスオカの食いっぷりはゆるぎなかった。日本人離れした体軀というのはこのようにして作られる、というドキュメンタリー映像を見ているようだった。次々と小皿大皿を平らげながら、ヤスオカは休みなくわたしに話しかけてきた。いつ頃から主任のことをいいと思ってたの、とか、きっといい人がいるよ、とか、そういった八木君にまつわることに関してわたしの反応がいまいち鈍いということを見て取ると、ヤスオカは、いつごろ実家に帰るのか、とか、就職活動は辛かったか、といった一般的な事項について問うてきた。わたしは、それぞれの質問に簡潔に答え、簡潔に答えた後にそうたこれは質疑応答ではなくおしゃべりなのだと思い返し、答えた事柄に関して適当に膨らませて愛想笑いのようなことをした。ヤスオカもへらへらしながら、がんばったんだなあ、とか、さびしくなるなあ、を連発した。

ヤスオカとは、勤務中にはよく喋っていたのだけど、こういうまとまった機会を持つのは初めてだった。食事の相手としてはヤスオカは悪くないほうで、そこそこちらの興味を引ける話題を小出しにしながら、自分ばかりが喋りっぱなしになることなく、相手にも質問しながら話を引き延ばす技術を持っていた。往々にして男の人は、わたしが関わった男の人たちだけかもしれないが、なにか話したいことがあれば言いたいことを言い尽くすまで話しっぱなし、という人が多かったので、わりとやるな、おまえ、とわたしは勝手に評価していた。

そういや、言いっぱなしじゃない男の人は大抵好きになってきたのだった。話をきいてほしいというわけではない。ただ、あなたは希少だから少々ほかのところがだめでも好かれる価値があるんだと、そう伝えたかったのだ。しかし今目の前にしているヤスオカはどうなのか、というと、どうかなあ、という感じだった。年が下すぎるのだ。わたしは大学を卒業しかけている身だが、ヤスオカはあと数ヶ月でやっと二年生だ。なんだかそれはよくないような気がした。

　店に入ってから一時間とちょっとが経過し、二人とも興に乗ってきたので、飲むことにした。ヤスオカもあまりお酒は飲まないんだそうだ。すぐ真っ赤になって、余計に口が軽くなってしまうから控えているのだというようなことをヤスオカは説明した。わたしは栗貴酒のミルク割りを注文し、ヤスオカは紹興酒を頼んだ。甘ったるい栗貴酒はさほどではなかったけれど、紹興酒はとてもきつい感じがして、ヤスオカは、自分で言ったとおり程なくして赤くなり、態度も今まで以上にゆるくなってしまった。

　いつのまにか、こちらのほうが聞き手に回っていた。そもそも、わたしはわたしについてあまり話すこともなかったのだった。慣れた友達と話すのは他人と趣味のことばかりだ。今は違った。ヤスオカはわたしにわたしの話を促していたし、ヤスオカも自分の話をしていた。悩み多きヤスオカと比べて、わたしの話せることは少なかった。

　ヤスオカは、大阪に来てもう一年とかになるのに、まだ付き合う人ができない、と哀しんでいた。東京ではいたのか、と訊くと、ヤスオカは眉を下げて、短い期間の人を何人か、と力なく笑った。どうしても長続きしないのだという。なんとなくわかる気がした。落ち着きがなくて子供っぽいヤスオカは、天真爛漫と言えなくもないが、あまりそういう人ははやらないんだろうな、と思った。でも、背はでかいし顔も悪くないんだから、そのぐらい我慢してやれよ、とまだ見ぬヤスオカの彼女たちに対して義憤に駆られもした。あんたを連れまわすには悪くないだろう、大型犬を散歩させてるみたいで、と言うと、ヤスオカは頬を上気させて、そうだよねえ！　とテーブルを軽く叩いて深くうなずいた。同意している場合でもないのだけど。万事こういう調子だったら嫌な女の子もいるんだろうということもなんとなくわかった。

たいていはあんたにはついていけないと言われるのです、自分が原因なのです、だから自分であることがいやなのです、とヤスオカはよれよれした口調で言いながら、頬杖をついてあらぬところを凝視し、涙を浮かべた。泣き上戸か、困ったな、と思いながら、せいろの中のカステラを細かく切っていると、一呼吸おいたヤスオカは、唇をぎゅっと噛んで、夏場はいんきんになったり体臭がきつくなったりするし、と堪えがたげにきいてもいないことを言った。わたしは、なんだかヤスオカがかわいそうになってきて、ヤスオカはかっこいいよー、いやほんとかっこいいよー、そういうの好きな子だってそんなにいないわけでもないしさー、と自分でもいやになるぐらい言葉足らずに誉めそやした。ヤスオカはにっこりと笑った。それがなんだか、あまりにも無防備な、一抹の疑いもなさそうな笑顔だったので、わたしは申し訳なくなった。ホリガイさんはやさしいよなあ、とまで言われて、悪い気はしなかったけれど、なにか嘘をついているような気分になった。それはわたしがどこかで、体臭がきついのなら、こいつが秋口に入社してきてよかった、わたしが冬場のうちにやめることになってくてよかった、などと計算高くなっていたからだろう。

そんなわたしの考えをよそに、ヤスオカはついに、まだ童貞なのだ、ペッティング的なことはしたことはあるが、入れたことないのだ、というようなことを告白してきた。ヤスオカより三つも年上で同じく童貞であるわたしは、大変困った。そういう機会は、逃せば逃しつづけるよ、というような不吉な助言しか思いつかなかったからだ。しかしなんにしろ、その直前ぐらいまでは行っているのだから、ヤスオカのほうが遥かにゴールに近いところにいるということに、なぜかわたしは安心してしまった。妥当だと思った。

「そこまで行ったら後ちょっとだよ、あとひとおしだよ、ひとさしだよ」

甘い栗貴酒とはいえ、それなりに酔ってきていたので下品なことを言うと、ヤスオカはどんよりした目つきでわたしを見返して、なんでできないかほんとのところはだね、とむにゃむにゃ言った。わたしは即座に、いや別にききたくはない、と思い、ヤスオカは見事にきかなきゃよかったと思うようなことを言ってきた。

「巨根なんだよ」

ああもう、とわたしは嚙み締めるように詠嘆したかった。わたしはそういうことを打ち明けるべき相手ではないと言いたかった。口の端を下に歪めて動きを止めていると、ヤスオカは駄目押しのように、でっかすぎるんだって、と身を乗り出した。

「わかったから」

「見る？」

「見ないよ」

「見てよ」

「見ない」

「見てよ！」

ヤスオカは、ばしんと両手で机を叩き、目をぎゅっとつむって訴えた。

ほぼ例外なく痛がられるのだそうだ、そんな風にされたら何もできなくなってしまうのだとヤスオカは言った。体格の良い外人にしておけばいいのではないかと言われても、自分は日本人のかわいい女の子が好きなのだ、とヤスオカは哀しげに言った。ヤスオカはイタリア人との混血で、そのお母さんは昔、文芸ものなのかエロなのかそれとも両方なのかという感じの映画によく出ていたのだとまことしやかにささやかれていた。わたしはその人をビデオか深夜映画かで見たことがあるような気がする。胸も乳輪も大きな美女だったように記憶している。お父さんは毛生え薬ないし強壮剤の輸入代行業を営んでいる典型的な白人好きの日本人で、ヤスオカ自身は、嫡子ではあるものの両親が多忙なため親戚の家に預けられっぱなしで育ったのだという。わたしにその噂話を教えてくれたパートのおばさんは、甚だ信用の置けないようなネタを手当たり次第伝えることで有名なひとで、わたしは個人的にゴシップサーバーと呼んでいたのだけど、今度ばかりはなんだか、真実に近い部分もあったのではないかと思った。そのおばさんの話の信用できなさときたら、わたしがたいそうもてるレズビアンで、京都に出てきたのは下級生の女の子にたくさん手を出して故郷にいられなくなったからだ、という程度のものなのだけど。

　ヤスオカの悩みは世の中の男の人からしたらとても贅沢なものなのかもしれないけれども、彼の性格の幼さなどから考えると、少し可哀想なことのように感じた。白人女性の裸をスクラップしているのも、それに対して欲情できるようにするためなのだ、ときくと、わたしのふらふらした同情心は、がくんと音を立ててヤスオカに傾いたような気がした。

皆べつに怒って別れようと言ってくるのではないという。むしろ傷つけて申し訳ないと言ってくれる。ヤスオカの行状を好ましく思う女の子は大抵性質が優しく、そういう女の子としかそういうことに持ち込めなかったのであり、そういう女の子は傷つきやすく、傷つくことによってヤスオカを傷つけることを恐れ離れていく。挿入することだけが営みではないではないかといっても、結局そこに立ち返ってしまうのは、それなりの真剣さでお互いがお互いの関係について考えているからだ。愛し合っているのならできないことがあってはいけないような気がするからだ。

ヤスオカは切々と語り、わたしは妙な顔つきにならないように注意しながら、そのなんだか偏った話をきいていた。よくわからんが、そんなに難しいものなのか、と訊くのも野暮なような気がした。何よりヤスオカがそんな質問を望んではいないように思えた。男の友達に話してもまともに相手をしてくれないのだという。そりゃおまえそれで結構な授かり物じゃないかと言うだけなのだという。ヤスオカ自身が、どれだけ真面目に自分の肉体が自分を阻害していると主張しても。

　ふと、願ってもいないのに胸の大きな女友達のことなどを思い出した。芸事をするのでもない限り胸が大きくていいことはそんなにない。男にもてるといっても、それは然るべき場に出て行ってからのことだ。ただぼんやりと好きなことをして過ごすのに胸の大きさは必要がない、むしろみっともない、と彼女たちは嘆いていた。勿論そのことがヤスオカの問題と一緒くたにできないのはわかるけれど、そう遠くもないことであるような気がした。誰もがいつも、自分の殻とうまく折り合いをつけられるわけではないのだ。

　それでもわたしはヤスオカの男の友達のほうに感性が近いのか、ヤスオカの巨根問題を本人が言うほどには深刻に受け取ることができなかった。いいなあ、じゃあある程度まではもてるんじゃないか、直前までいけるということは、いいなあ、とわたしは単純に思った。

「まあ、開き直ればいいんだよ」本当にそんなことを思っていたのか、ちがうな、苦し紛れだったな、というようなことをわたしは言った。「手当たり次第いけば相性のいい人はいるだろうよ。いやむしろそうしろというお告げだよそれは」

そんな無責任なことを言うわたしを、ヤスオカは眉を下げて口元を歪めて、首を傾げて見遣った。そしてしばらくうつむいて黙り込み、お箸で鶏肉のカシューナッツ炒めの鶏肉とナッツと野菜を選り分けていた。すぐなにか言い出すだろうと構えていたのだけど、沈黙は耐えがたいほど長かった。張り詰めた空気に、わたしは料理に手を出すこともできず、ただ手元の栗貴酒をちびちびすするだけだった。ヤスオカとの間にこれだけの緊張が割り込んだのは初めてと言ってもよかった。便所に逃げようにも尿意はなく、うちに帰ろうにも、言い訳にできるほどの見たいテレビ番組のひとつもなかった。

「トリもらっていい?」

あまりの手持ち無沙汰さかげんに、よくないと思いつつしびれを切らしてしまい、わたしはヤスオカが選り分けた鶏肉のカシューナッツ炒めの皿に箸を伸ばした。ヤスオカはのろのろと顔を上げて、目を眇《すが》めて言葉の足りない人のように言った。

「なんで開き直らないといけないと思う?」

言葉もなかった。わたしはやっぱり適当なことを言ってしまっていた。くよくよするよりそのほうが生きやすいじゃないか、いろいろな経験ができるからいいじゃないか、長所なんだから活かさないと、などと紋切り型の言葉を並べても、少しも響かないであろうことはわかった。魂と肉体の組み合わせは無数にあり、その相性がよくないことに悩むことのなにを責められるというんだろう。両者の間の軋みを感じることができるのは当事者だけなのだ。

不意に、のろのろとヤスオカは立ち上がり、首を傾げてわたしを見下ろした。

「便所に行きます」

「どうぞ」

ヤスオカの言葉つきは、なんとなく不穏で含みがあるような気がした。

わたしはライチ酒を注文し、ヤスオカが選り分けた鶏肉のカシューナッツ炒めを再びつまみ始めた。すっかりさめてしまっていてあまりおいしいとは感じられなかったけれど、なにもせずにはいられなかったので、無理やり口に入れて咀嚼した。しまいに一皿全部食べ終わってしまい、更にほかの皿の上を片付け、せいろの中をからっぽにしてしまった。店員さんがそれらの食器を持っていってしまうと、テーブルの上には飲み物のグラスしかなくなってしまい、同伴者が席を外している間に料理を食べ尽くしてしまうというとても気まずい感じになった。とにかくテーブルの上を埋めたかったので、甘いものをなににするかとメニューを眺めて、黒ごまのアイスクリームに決めた。

ヤスオカが席を立ってから、かなりの時間が経過していた。あまり飲めないというのにかなり紹興酒が減っているから、もしかしたら、トイレで倒れたりしているのかもしれない、と心配になって立ち上がり、しかし、よもやあいつは本気で自分の悩みを証明したいがためにちんこを見せたがっているのではないか、と思いつくと頭が痛くなり、また座ってしまった。わたしとヤスオカの関係は、そういう深刻な類の開陳とは不釣合いな軽いものだし、そもそもヤスオカの股間を拝みたいとはどうしても思えないのだった。友達の結婚式の二次会で新郎の先輩が全裸で踊っていたら、これは大変な眼福だと喜んだことがあるくせにだ。

飲み物もなくなり、店員さんに注ぎ足してもらった水もなくなり、隣のテーブルのお客が入れ替わっても、ヤスオカは帰ってこなかった。心配がへんな勘ぐりを押し流して、わたしは結局ヤスオカの様子を見にいくことにした。店員さんに頼んでもよかったのだけど、それは悋気づいた判断だとわたしは感じた。悋気づくも何も、男女の二人組ならどう考えてもそうするだろうよとも思ったのだけど。

さりげなく男子トイレの前を通り過ぎるふりをして、中に人気《ひとけ》がないことを確認し、ドアを開けた。五つあるうちの個室のうち、ひとつだけが閉まっていて、そこにヤスオカが詰めていると思われた。入り口に注意を払いながら、個室に片耳を当てると、ぐすぐすという鼻をすする音がきこえた。

「ヤスオカ、大丈夫なのか」

そんなに大きな声を出したわけではないのだけど、わたしの声は妙に大きくトイレ中に反響した。わたしは自分の声に体をすくめて、ちいさい窓から赤い色が見える錠の部分を凝視した。かなりの時間をおいて、ヤスオカはわたしの問いに答えた。

「大丈夫もなにもないよ」

自分が片目をぎゅっとつむって口元を歪めているのが、鏡に映っていた。心底困ったことに、面倒くさいことに遭遇してしまった、という顔付きだった。

「いや、大丈夫だ、ヤスオカ」わたしは、頬の片側を歪めたまま笑って、不本意なことから逃れるためにやくたいもない嘘をつく時のような顔つきで、本当のことを言った。「わたしも処女で女の子のグラビアを枕もとの襖にいっぱい貼ってる。でも女の子がすごく好きってわけでもないんだ。自分で自分のことがわからない。なんかへんだなってこと以外は」

それ以上言うことが見つからず、そしてヤスオカも返答するわけでもなく、半端に広い男子便所は再び沈黙した。わたしは、誰か来やしないかとそわそわして、つま先で床の模様をこすりながらヤスオカの入っている個室のドアの隙間を凝視していた。

ふいにドアがゆるく開いた。ヤスオカの足がドアを中ほどまで開いた状態で固定していて、ふくらはぎの中ほどでだまになったズボンとトランクスと、剝き出しの脛毛と膝と腿が見えた。わたしはさっと顔を上げて、ヤスオカの充血した目と視線を合わせた。

「見た?」

わたしはうなずいた。嘘だ。見ていない。見ていてもおかしくないけど、わたしはわざと見なかった。

「ひどくない? ものすごくない? いやじゃない?」

「そんなことない」

ヤスオカが、濡れた目でにっこり笑うのが見えた。わたしはズボンをあげるよう促し、ヤスオカはまるで、工場でいつもそうであるような素直な態度で、わたしの言うことに従った。

可哀想だと思った。その心持ちに詳細さはなく、ただ曖昧で抽象的な同情心だけがぬるく薄く漂っていた。

ヤスオカは元気を取り戻し、デザートを片っ端から頼んでがっつき、自分が頼んだものをわたしにも気前よくふるまってくれた。

店から出て駅に向かう段になって、電車がなくなってるかも、とヤスオカはもじもじし始めたが、携帯から時刻表を見ると終電には間に合うことを確認できたので、わたしは尻を叩いてヤスオカを走らせた。ヤスオカはへらへらしながら京阪線の階段を降りて、踊り場で振り返って手を振った。

これでよかったのだ、と思うことにした。ヤスオカがなにか、わたしと通じ合えたと思って気が済むのなら、それでいい。ヤスオカはそれなりに男前でとてもいい子だから、つまらないことにわずらわされずに好きにやったらいいのだと思う。きっといい人がいるだろう。いい人がいない今のうちから、わたしはうらやましいと思った。

冬の夜半の四条通は、寒いという以上に凍てついていて、わたしはダッフルコートのフードをかぶってポケットに手を入れて、なにかに負けた人のように背中を曲げてうちへと急いだ。ふと、イノギさんに会いたいと思った。こんな寒い夜には、イノギさんの分量の多い髪と長い耳つき帽はとても暖かくて重宝だろう。夏になったら彼女はどうするんだろう。普通に髪を切るんだろうか、それとも結い上げるんだろうか。わたしは、夏場にイノギさんを見かけたことを思い出そうと考えをめぐらせて、思い出せないことにもどかしさを感じた。代わりにメールを打ってみようと考えつき、コンビニのウィンドウに寄って携帯電話を取り出した。そういやアドレスをきいて初めて打つな、と思いながらかじかむ親指を動かした。

『呑みにいった帰りなんだけど寒くて遭難しそうです。そちらがかむってるあの帽子が羨ましいです』

返信は、自宅の扉に鍵を突っ込んでいる途中にやってきた。わたしは、靴を脱ぎながらイノギさんのメールを開いた。

『新京極の雑貨屋でいちきゅっぱーで売ってました。ぬくいけど長い時間かぶってると頭かゆくなるよ』

わたしは携帯電話を閉じて、いつものように布団のほうに放り投げようとして、けれどやめた。

二月のあたま頃には下宿を引き上げる予定だったが、年始には一応実家に帰った。肺炎を患って入院していた祖母の容体がよくないようで、再び京都に戻ってくるのは気が引けたが、卒論を書く手立てはすべて下宿に置いてあるので、三が日の終わる夜には新幹線に乗らざるをえなかった。

冬休みが明けて第一週目の出勤日は、わたしの酒造工場でのバイトの最後の日だった。四年弱を真面目に勤めあげたということで、送別会にはそれなりの人数が集まってくれて、自分のために会を開いてもらったことなどないわたしは少し感動し、そういうこともあってか、八木君の横にヨコヤマさんが座っているのを見かけても、大して胸が痛むことはなかった。ヤスオカは、ホリガイさんが好きだったーっ、などと適当なことを言って社員にさんざん呑まされてべろべろになり、グラスを何個か倒したりしていた。会は二次会まで延びて、日付が変わったあたりでお開きになった。四条河原町での解散だったので、終電行っちゃったけどどうやって帰るんだときかれたヤスオカは、友達の家に泊まりまーす、心配しないでくださーい、と元気よく手をあげていた。

他の人たちがタクシーを拾うなり要領よく終電に間に合うように帰ってしまった後、ヤスオカはへらへらとわたしに笑いかけて、泊めてくださいよーと手をぱたぱたさせた。結局、その友達というのはわたしのことのようだった。わたしの部屋は当然、地獄のような惨状を呈していたので、わたしはあんたの友達じゃないぞ、と断ったが、前に言ってた、襖に貼ってあるグラビアがみたいんですよー、とヤスオカはへらへら笑ってついてきた。なお悪いよ、と早足でヤスオカを引き離すと、今度は追ってこなかったので、諦めたのかと振り返ると、電柱にもたれてうずくまっていた。仕方なく駆け寄って揺さぶると、だるまのようにごろんと歩道に転んでしまった。重たいヤスオカを何とか立ち上がらせて、肘を持って背中を支えながら引ったてていくと、お茶がほしい、コーン茶がほしい、とぶつぶつ言い始めた。

わかった、淹れてやるから手間かけさせんな、と諭しながらわたしは、困ったなあ、という思いに沈んでいた。ヤスオカは明らかに呑みすぎていたが、今までの酒の場で見たヤスオカの醜態と比べると、それほどでもないと言うこともできた。酒の席で記憶喪失になったり、意識不明になったりすることが多いヤスオカだったが、今度は、体はぐにゃぐにゃだが頭はそれなりにはっきりしているようだし、いつもは先輩や社員に連れられて帰るのに、今日は自分の意思でうちに来ると言った。まずいなあ、と思いながら、わたしはコンビニの角を曲がり、ヤスオカの酒臭い息から顔をそむけた。

なにかへんなことになったら困るなあ、と思っていたのだった。前回、居酒屋の男子トイレでヤスオカの股間を見たふりをして以来、ヤスオカはわたしに妙な親近感を持ち始めているようで、メールだ電話だとやたらと連絡をとってくるようになった。話すのは由無し事でもいっこうに構わないらしく、いつ帰省するだとか、なんとかという地元の友達と遊んだとか、そういった他愛ないことを報告してきた。わたしもそれに合わせるようにどうでもいいことを返事し、ヤスオカはそのたびに、大しておもしろくないことであってもけらけら笑ってきいてくれた。それはそれで楽しかったけれど、なんだか居心地が悪いような感じもした。あまりにもヤスオカが無防備なような気がしたから。わたしも警戒を解けばいいのだけど、ヤスオカがゆるめばゆるむほど、わたしは反射的に疑り深くなっていった。ヤスオカに対してというよりは、自分たちの関わりに対して。けれどそれを口にするにはヤスオカはあまりにも無邪気で、水を差しがたい真面目な思い入れのようなものを感じさせることもあった。

でもういいじゃないかとも思った。繰り返し言うように、ヤスオカはいい子だし、容姿も悪くない。むしろいいほうだと思う。だからもういいじゃないか。捨てさせていただこうじゃないか童貞を。互助会のようなものなんだこれは。

自棄なのか期待しているのか、それとも両方なのか、なんだかよくわからない心持ちでヤスオカをアパートまで引きずっていくと、植え込みの縁に腰掛けてゲームをしているもこもこーした人影が見えた。目を凝らして見ると、耳つき帽とコートからイノギさんだということがわかった。「ゼビウス」のＢＧＭがやけに大きく聴こえた。

「ふっるいげーむっ！」

その音に反応したヤスオカは、大きな声でそうわめいてイノギさんを指差した。イノギさんはむっとした顔を上げて、最近復刻したんや、知らんのか、とヤスオカを睨みつけた。

イノギさんの視線はそのまま、ヤスオカの横で呆然としているわたしに向けられた。わたしは、なにか悪いことをしているような気分になった。イノギさんが今日うちのアパートの前に現れるなんて予想もつかなかったことだし、おどおどすることもないのだけど。

けた。

「どうしたの？」

わたしは、まるで子供に話し掛けるようなへんにゆるんだ声でイノギさんに呼びかけた。

「近くまできたから、アンケート持ってきた」

イノギさんは、ゲームボーイアドバンスを片手に持ちながらメッセンジャーバッグを探って、よれた紙束を無造作に取り出してわたしに突きつけてきた。ヤスオカはなぜか身を乗り出して、ぺいっ、と言いながらその紙束を取り、あん・りーとちゃん・いーもうでわ、と棒読みで内容を朗読し始めた。イノギさんは、目を眇《すが》めてその様子を見遣りながら、片手でゲームボーイアドバンスをたたみ、じゃ、帰るわ、とふてくされた面持ちで会釈した。わたしは、さっきまで互助会だとか思っていたことを一瞬で忘れ、ヤスオカに対して何をやらかしやがるんだこの馬鹿と心の中でののしり、ヤスオカの手から紙束をもぎ取った。ヤスオカは、おっさんばっかし、と言いながら不服そうに、わたしの手から紙束を取り戻そうとした。

「寄っていったら」わたしは、ヤスオカを押しのけて、イノギさんのバッグの肩掛けにふれながら、空いたほうの手で肩越しにアパートを指差した。「すごい寒かったでしょう。スープかなんか作るから、そんでその後送るからさ。明日は早かったりしないかな。卒論、今すごくたてこんでて、だから本当に助かった、ありがとう」

わたしは、思いつく限りのことを散漫に並べて、何度も頭を下げた。イノギさんは少し表情を緩めて、首を傾げた。

「たてこんでるんやったら、わたしが行ったらまずいんちゃうの」

「今晩はこいつがいるからなにやっても一緒」

そう言いながらヤスオカを指差すと、イノギさんはかすかに笑って、お邪魔とちがうん、とヤスオカのほうに向き直った。わたしは力の限り首を振って、ありえない、ありえない、となにがなにに対してそうなのかまったく説明せずに連呼した。イノギさんは、眉を下げて植え込みに座り込んだヤスオカを見遣り、じゃあ、よばれるわ、と小さくうなずいた。

三階に住んでいるので、アパートの前から部屋まではほんの少しだったが、その少しの間にヤスオカはイノギさんにひどくからんだ。からんだというよりは、ものめずらしがったのか。イノギさんを指差して、かわいい！　かわいい！　とわめいたり、帽子についているぼんぼんをひっぱったりするヤスオカを抑えながら、わたしは何度もイノギさんに向かって頭を下げた。イノギさんは、何度かぼんやりした目つきでヤスオカを見上げて、感じ入ったように、あんたでかすぎるわ、と呟いた。

部屋に入って水を一杯飲むなり、ヤスオカは大の字になって寝てしまった。布団からはみ出ているとか、フリーペーパーの類を踏みしめているとか、枕ではなく通販のダンボールに頭をのせているとか、そういうことにはおかまいなしのようだった。一九三センチのヤスオカがわたしの散らかった部屋に寝転ぶと、もうそれだけでスペースがなくなってしまい、わたしとイノギさんは台所に追いやられた。今日も今日とて部屋は災害にあった直後であるかのように散らかっているので、衝動的にイノギさんを中に入れたことはとても後悔したけれど、彼女自身はあまり気にする様子もなく、壁に貼ってあるポスターなどを台所の床から覗き込んでいた。グラビアを集めている襖は、イノギさんの向いている方向とは逆の側にあったので、イノギさんがそれに気付くことはなかった。

戸棚と冷蔵庫をひととおり覗き込んで、ダージリンとラプサンスーチョンと豆乳とトウモロコシ茶とコーンスープが出るけど、どれかいいのある？　ときくと、イノギさんは、なんでもあるなあ、とちょっと呆れたように笑って、コーンスープがいい、と答えた。暖房がききにくい台所にあって、イノギさんはなかなかコートを脱ごうとしなかった。わたしはとても申し訳なく思って、せめて豪華なものにしようとクリームコーンの缶を小鍋に一缶まるごとあけて、クルトンも揚げた。そんなに気を遣わんで、とイノギさんが下から声をかけてきたけど、わたしは、いやいやそんなことは、と首を振りながら料理を続けた。

「ほんとにアンケート持ってきただけで、あがりこむ気はなかったんやけど」マグカップを受け取りながら、イノギさんはすまなさそうに言った。指先をやたらに裏返したり元に戻したりしながらマグカップにあてているので、まだ冷えているのかもしれない。「あの人は誰？」

イノギさんは、いびきをかきながら何度も寝返りをうって傍若無人に眠っているヤスオカのほうに頭を振った。バイト先の後輩、今日が最後の日だったんだ、と答えると、おっきい人やな、とイノギさんは平坦な感想を言った。朝になるとあの部屋のにおい酸っぱくなるよ、とわたしが顔を歪めて笑うと、イノギさんもふき出した。

「まあなあ、嫌いじゃないんだよなあ」わたしは正直に、自分の思っていたことを話すことにした。心にしまいこんでああでもなかった、こうでもなかったと考え込んでいるほうがこっけいなこともあるし、誰かに言って笑ってもらったほうがつかえがとれることもあると思った。「どうにかなったらいいなあ、とも思ったんだけど、寝ちゃったな」

わたしはそれから、自分が未だ不良在庫で且つポチョムキンであることを話し、好きだった八木君が、自分がつまらないと思っていた女の子と付き合っていたことを話し、いいのかなあ、と思いつつも、ヤスオカが巨根を苦にしていることを話した。イノギさんは、一度コーンスープをお代わりした以外は、黙って真面目な顔できいてくれていた。

話のなかばで、イノギさんはやっとコートを脱いだ。何サイズか大きいと思われるコーデュロイのシャツを着込んでいて、ぶかぶかのカーゴパンツを穿いていた。まるで、体が大きくなることを母親に見込まれて、大きめの服を押し着せられた成長期の男の子のようだった。肩口に重たそうに流れている長いくせ毛以外は。彼女のような感じの女の子は、アメリカのソロの歌い手なんかのジャケットでよく見るような気がする。かわいいけどだるそうで、利発だから生きづらいと不平を言っているような面持ちの女の子。

「イノギさんはどうなの、まえの人、どんな人だった」

社交辞令なのか、それとも本当にききたい話なのか自分でもわからないままそう問い掛けると、イノギさんは困ったように小さく眉を寄せながらも微笑んで、すごいやさしい人やったよ、と答えて、長いこと黙った。わたしが、先の言葉を促そうとすると、それでおしまい、とイノギさんは笑いながらも釘を刺した。それより卒論はどうなんですか、たてこんでるって、とイノギさんは逆に問い返してきた。話題を変えて話を続けるためだけのようだったけど、わたしは、彼女が話を続けたいという意思を見せてくれることがうれしかった。

「キーボードを打ってんのか爪をかんでんのかわからない」

そう言いながら、わたしは自分のぼろぼろの指先をイノギさんに見せた。イノギさんはまじまじとてっぺんの薄皮がめくれた薬指に見入って、痛くないの、と目を丸くした。わたしは首を振って、上の層をはがすだけだから、あまり痛いとかは思わない、と説明した。イノギさんの手も見せてもらったが、きれいなものだった。精神的に安定してるのかしら、と思い、でもわたしも別に情緒不安定なわけでもないしな、と思い直した。

まあ要するに、十月にもなってんのにあんまり進みは芳しくないわけなんだけど、就職決まってない子と比べると気は楽よ、と言うと、ホリガイさんは決まってんの？とイノギさんはきき返してきた。地元のお役所に受かった、と答えると、イノギさんは、へえー、と心底驚いたように目を見開いた。二月になったら実家に帰るんだけどさ、荷造りも何もしてない、ほんとめんどくさい、という愚痴には、イノギさんは何も言わずにうなずいただけで、目立った反応はなかった。公務員が嫌いな人なんだろうか。話が途切れかけたので、そのへんで自分の話はやめることにして、三年生でそろそろ就活の期間に入っているはずのイノギさんに、そろそろ就職活動だねえ、というような話をふってみた。この話にもイノギさんの反応は鈍くて、わたしは結局、スーツと靴がしんどかった、それまでずっとざんばらで過ごしてたから、髪の毛を結うのも面倒だった、と自分が企業を回ったときの話をしていた。髪のことに話が及ぶと、どうしてもイノギさんの量の多い髪が目に入って、イノギさんも結構面倒くさそうだね、と余計なお世話なことを言うと、イノギさんは自嘲するように口を曲げた。どこか寒々しい笑い顔だった。

「十一月にマナー講習に出たんやけどさ、講師で来てたねえちゃんかおばちゃんかわかんない人に注意されたよ」イノギさんはそう言いながら、肩に落ちている自分の髪を前に引っ張った。それはあまりにもぞんざいな動作で、何か自分の体の気に入らない部分を触る手つきのようにも思われた。「おろしっぱなしやと不潔に見えるからやめなさいって、せめて就職活動ではって」

イノギさんには気の毒だが、わたしはそのねえちゃんとおばちゃんの中間の年齢の講師の言うことに同意した。第一印象は一度しかあたえることができないのだと誰かが言っていた。就活で最も重要であると目される第一印象は清潔感だともマニュアルで読んだ。確かにイノギさんの髪型が与える印象において清潔感の度合いは低い。鷹揚さやけだるさ、重たさや反抗心ばかりが目立つ。反抗心という要素を感じるのは自分でも不思議だけれど、それは、手入れも行き届かせず伸ばしっぱなし、という女の子としては好ましくない状態を呈しているからだろう。

どうなんだろうねえ、後ろで一つにまとめるってのも味気ないしねえ、どうしようかなあ、とイノギさんの頭を見ながら頼まれもしないことを考えていると、イノギさんはのろのろと耳のあたりの髪をかきあげようとしたりやめたりした。それが何か、とても苦しげな身振りに思えて、にしても、マナー講習の先生は毎年いけすかないねえちゃんおばちゃんがくるんだなあ、去年と一緒かなあ、と話題を変えようとすると、イノギさんは妙に澄んだ声で髪を結わないことについて言及した。

「はげがあんのよ」イノギさんは、マグカップの側面を中指の爪で弾きながら、ゆっくりとわたしのほうに向き直った。「髪の毛が生えてこえへんの、ここ」

イノギさんはそう言いながら、頭の右側の髪をまとめて、てっぺんまで持ち上げた。わたしは息を呑みそうになり、とっさに鼻をすった。イノギさんの右のこめかみからの大部分は、毛穴がひしゃげていて髪が生えていなかった。それればかりではない。耳の上部はいびつな形に歪んでいて、潰れた毛穴のあたりには縫い跡と無数の細かな傷が走っていた。

「これも企業の人に見せたほうがええかしら。でも初めての人に、自分を採用してくれるかわかれへん人にそこまで腹割られへんわ」

イノギさんは、抑揚のない声音でそう言って、暗い目でわたしを見つめた。目の奥にこびりついて乾いた絵の具の黒が、湿気をあてられて緩慢に己を溶かし込んでいく、前に目にしたあの暗さだった。

「そうだね」わたしの声は、さっきスープを飲み干したばかりだというのに乾ききっていた。「それはいいよ。そんなことはいいよ」

空疎な同調だった。いくつになればわたしはもうちょっとましなことが言えるようになるのだろうと思った。

イノギさんもそれ以上は言うことを持たず、生暖かくなってきた部屋は沈黙し、ただヤスオカの大きな寝息だけが次々と生まれては重なっていった。

お互いがいるのかいないのかわからなくなるほどの間黙り込んで、わたしは、この人を帰したほうがいいのか留まってもらったほうがいいのかぼんやり考え始めていた。イノギさんは少しも理解を求めていないような気がした。ただ自分にまつわる事実を明かしただけのような。けれどそれは、こちらを振り向かせようと十の瑕疵《きず》を百だと偽って泣き喚くことよりも救いのないことのように思えた。

せめて今が何時か知りたいと思って、携帯電話を取り出そうとバッグを引き寄せると、着信音の「この木なんの木」が鳴った。冬場の夜中の沈黙に鳴り響くそれは、携帯をへし折りたくなるほどの間抜けさだった。河北からだった。わたしは、イノギさんに、ちょっと失礼しますと会釈をして通話ボタンを押した。

そこにあるのも沈黙だった。この時間帯は誰も彼も誰かと関わりながら黙っているのか、困ったな、と思いながら、どうかしたの、と問うと、俺らは本物だぞ、という河北の低い声がきこえた。

　わたしが咄嗟に疑問に思ったのは、何故河北は京都が地元なのに訛っていないのか、ということだった。あとで考えると、それはもう用意し尽くされた言葉だったからなのだと思った。河北は、居酒屋では言えない、わたしにぶちまけたかったことを考えて考えて、その通話をしおにわたしに語り始めたのだ。わたしには突然のことであっても、河北には適正な時期判断だったのだろう。自分は、もしくは自分たちが本物であると主張する機会とは、いかなるものだったか。

　おまえはあの時俺を贋物だと思っただろう。ふざけた真似しやがって。おまえがそんなふうにのんべんだらりと自足してられるのは、おまえが他者を知らないからだ。この白痴め。緩々《ゆるゆる》の人生をもてあまして人助けを思いついたか。おまえでは無理だよ。

　河北の言っていることは支離滅裂だったが、その剣幕には、耳を貸さずにいられないような凄味があった。わたしは、自分でも火に油を注ぐようなものだと思いつつ、ぼんやりした声で、無理かな、と訊き返していた。河北は、その問いには答えなかった。

俺たちが遊びであんなやり取りをしているんじゃないことをわからせてやる。あんなやり取りってなんだっけ。ああ、あれか、手首の切りっこか、違うか、切りっこだとお互いにやってることになるもんな、なんだ、なんていうの。なんて言おう。付き合ってる女の子の手首の切れ目を深くしつつ動脈までいかないようにすることを。きりきりまい。切子細工。霧の浮舟。

そんなふうにいろいろ考えつつも、言ってしまったら河北うんぬんよりも自分の道徳がおしまいになってしまいそうなので、思ったことをたらたら言ってしまわないように自分に緊張を強いた。

今足元にアスミが倒れてる。深く切りすぎたんだ。そこらじゅう血だらけだぞ。見に来いよ。

わたしは携帯電話を耳に当てながら、かばんの中を探ってリングファイルを取り出し、白紙のページまでめくった。裏表紙にさしたペンで、ノートを示して注意をひくと、イノギさんは興味深げにわたしとノートを見比べてうなずいた。

友達の友達が、手首に大怪我をした。救急車を呼んで。住所は↓。

矢印の下に、わたしは河北の部屋の住所を思い出しながらのろのろと書き込んだ。

死ぬかもしれないぞ。これでわかっただろう。おまえに俺をわらうことはできないんだ。俺たちは本物なんだ。本当の命の取り引きをしているんだ。だから本物なんだ。おまえにはこんなことできないだろう。おまえが俺をあの時冷やかしたんだとしたら、それはおまえが俺を羨ましがっているからだ。生きることも死ぬことも近くに感じられる俺たちを羨ましがっているからだ。みじめだろう。このへたれが。

「羨ましいよ」

わたしは、長い間喉に押さえ込んでいた声をひりだした。それはからからにかわいてひしゃげていて、わたしが心からそう思っているように聴こえただろうと思う。あるいはそう願う。

実際わたしは、羨ましがっていたのかもしれない。そうではないと言い切ることも、今となってはできない。

イノギさんは自分の携帯電話を取り出して、わたしからできるだけ離れ、玄関の隅っこで小さな声で話していた。電波の向こうの河北は黙り込んでいた。シュウ、と小さく河北を呼ぶ声がきこえる。どうも息はあるみたいだ。

電話越しでは、河北が本当にアスミちゃんの手首を切りすぎてしまったかどうかは定かではなかった。もしかしたら虚言だったのかもしれない。にしてはあまりにも手が込んでいないから、やっぱりほんとうなのかもしれない。わたしに依頼された通話を切ったイノギさんは、玄関から戻ってきてわたしの傍に寄り、わたしの携帯電話に耳をくっつけた。

いちおう信じてくれた。行ってくれるって。

携帯電話の裏側越しに、なにも聴こえないことを確認したイノギさんは、わたしが書いたメモの下にそう書き加えた。わたしはイノギさんに頭を下げて、河北の息遣いをきいていた。耳が熱く汗ばんで、とても不快だった。

薬かなにかしているのだろうかと考えをめぐらせたけれど、直感はそうではないだろうと言った。わたしはやっぱりどうしようもないほど失礼なことをしてしまったのだろうか。自分の恋人の命を犠牲にする、もしくはしかけてでも証明したいものとはなんだろうか。そもそも証明するとはどういうことなのだろうか。どうしてもしなければいけないことなのだろうか。

河北に答えてほしかったけれど、今よけいな刺激をするのもどうかと思われたので、わたしは黙っていた。お互いの呼吸の音や鼻をすする音だけが行き来する通話は、どこまでも電波の無駄と思われたけれども、やめるわけにはいかなかった。河北がなにかを合点するまでは。

やりこめられたふりをすればいいのだろうか。心配すればいいのだろうか。救急車を呼んだことも正直に言うか。けれどそれで更にこけにされたと思うだろうか。

おまえの他者への無知は死んでるのと同じだ。

そうだね。そう思うよ。

そのとおりなんだろうなと思ったので、そう同意すると、そこで通話は唐突に切れた。携帯電話を床に置いたあとで、もしかしたらさっきの電話の主は河北ではないのかもしれない、とふと思った。

「誰やの」

イノギさんは、マグカップの底に残ったコーンスープをすすりながら、わたしのほうを見た。

「友達かな」自分でそう言いながら違和感を感じつつ、わたしはため息をついた。そういえば、前に学食で河北が食事に誘いにきたとき、イノギさんが横のテーブルにいたのだということを思い出した。「前になんか、学食でイノギさんが友達とゲームの話をしてたときにさ、わたしとこの人、その横のテーブルにいたんだけど、見なかった?」

だしぬけなわたしの回想に、イノギさんは訝しげな顔をして首を振った。

「なんでその人自分で救急車よばへんの」

そんな基本的なことを問い掛けられると、答えに窮した。わたしは、うーんと長い間考えて、誰にも立ち入らせたくない問題だからかな、と何の事情も知らないイノギさんには不親切と思われる解釈をした。

「じゃあなんでホリガイさんに電話してくんの」

イノギさんの表情は、だんだん険しくなってきていた。わたしは、困ったタイミングでかかってきたもんだよなあ、と思いながら、首をひん曲げた。そのまま長いこと黙っていると、イノギさんは諦めたのか、のろのろと立ち上がって、スープのおかわりもらっていい?　と小鍋を覗き込んできいてきた。そういうことに関しては、どうぞどうぞ、とできる限りの速さで即答した。温めなおしていい?　ともきかれたので、わたしはまた、どうぞどうぞ、と勧めた。

鍋がことことという音をたてるのを聞いていると、ようやくなにが起こったのかの実感が湧いてきて、途端に不安が首をもたげてきた。さっきのことを、河北の狂言だとか、もしかしたら電話の主は河北ではないのかもしれない、とする考えは、完全に消えていた。よくあることだ。なにか重大なことに取り掛かっているときは夢見ごこちで、それらが終わってから自分の手つきの甘さに気付いておろおろする。

結局、イノギさんがおかわりしたスープのマグを手に再び座り込む時分には、河北の部屋まで様子を見に行くことを決めてしまっていた。ちょっと心配だから行ってみることにする、とイノギさんに告げると、わたしはどうしたらええん、と困ったように眉を寄せた。すぐ戻ってくるからここにいてくれるとありがたいんだけど、と言うと、イノギさんは、でもあの人が、と相変わらずいびきをかいて眠りこけているヤスオカを指差した。確かにヤスオカは無害そうではあるけれど、全然関わりのない二人を同じ部屋に置き去りにするのもどうかと思われたので、申し訳ないけれどもイノギさんには一緒に来てもらうことにした。

帰ってくるまでおとなしくしていてください、という書置きをヤスオカの額にセロテープで貼り付けて、イノギさんを連れて四条通に出た。勿論、主要な交通機関はほとんど眠っている時刻だったので、タクシーを拾って乗り込むことにした。タクシーをつかまえるまでの間、イノギさんは、なんでそこまですんの、なんで、と問い掛けではなく自問するように何度か呟いた。わたしは、まあ、友達だし、と曖昧な答えを返しながら、帰りにコンビニのケーキでもおごろうと考えていた。

北山にある河北の部屋が入ったマンション周辺は、真夜中にあって当然のように静まり返っていた。そこに救急車がきた形跡があるかどうかなどわかるはずもなく、マンションの入り口から何度も呼び出したにもかかわらず、応答はなかった。電話もつながらず、メールの返信もなく、わたしとイノギさんは、自分たちが住んでいるわけでもない深夜の町なかで、一月の寒気に曝されるままになっていた。

「どの部屋か知ってる?」

イノギさんがそう堪りかねたように訊いてきたけれども、わたしは、こっからじゃ何階かぐらいしかわからないな、と頼りなく答えた。

マンションの周りを一周まわって、河北の部屋があると思しき階の窓をチェックし、どの部屋にも明かりがついていないことに対して、落胆するべきなのか安堵したらいいのか迷った。

「電気ついてないんやったら病院に担ぎ込まれたと思ってええんちゃうかな」

「でも、暗闇で電話してたのかもしれないよ」

わたしたちはそんなふうに、マンションを見上げながら力の入らない声で話し合った。事情を知らない通りすがりの人が観たら、なにやらピッキングする部屋の選別でもしている二人に見えたかもしれない。

このあたりの救急指定病院に問い合わせてみたら、とイノギさんは建設的な意見を述べてくれたけども、そこまでするのは面倒に感じて、でもなあ、と煮え切らないでいると、じゃあなんでタクシーまで使ってこんな朝のはようにこんなとこまできたんさ、ともっともな反論をされた。

吹き曝しの風になぶられて黙り込む午前三時の暗さは、あまりに所在無く、わたしは、イノギさんの反駁に返す言葉もないまま、またタクシーを拾うために先ほど下車した通りに出た。イノギさんもわたしの隣で、もはや何かを問うこともなく黙って手を挙げていた。

まばらにやってくる車輛を何十台か見送り、やっとやってきたタクシーに乗り込んだときには、鼻や耳がちぎれて落ちそうに冷えていた。ついでだからとそのままイノギさんの下宿の前まで送り、ドアを開けるまでの間、イノギさんの手がわたしの手の側面に触れていて、そこだけが温かかった。

車中にいるあいだじゅう、イノギさんはシートに深くもたれて目を瞑っていた。ときどき街灯に照らされるイノギさんの顔は、とてもきれいに見えた。わたしは、それをついつい覗き見てしまう自分を恥じながら、ふと、車を降りたくないなと思い、そんな自分に驚いた。

またおごるよ、と開いたドアごしに言うと、イノギさんはにやっと笑って手を振った。変なことにつき合わせてしまったというのに、埋め合わせをすることなく別れてしまったことが悔やまれて、とにかくこんなことになったのも、うちに泊まることを見込んで酔っ払ったヤスオカのせいだ、と無理やり結論し、帰ったら蹴飛ばしてやろうとばかり考えていた。

帰宅すると、意外にもヤスオカは起きて待っていた。何か食べるために台所に立つというわけでもなく、テレビをつけてぼうっとしているでもなく、座敷牢よろしくあてがわれた布団の真ん中に正座をして所在なげに積まれたＣＤケースの山を見つめていた。

「オール・アメリカン・リジェクツ聴いていいですか」

部屋に帰ってきたわたしを見るなり、ヤスオカは呆然としたように顔をあげて言った。

「この時間は隣に迷惑だからヘッドホンさして聴いとくれ」

わたしは、コートを脱がないまま、寝起きのヤスオカの為にお茶でも入れようとお湯を沸かしながら指示した。ヤスオカは、少しの間ヘッドホンごしに音楽を聴いていたが、すぐに不安げな顔をしてこちらにやってきた。

「いっぱい借りたいのがあった」

「好きなのを聴くといいよ」そう勧めながら、もう会うことがあるのかどうかわからないので、貸してやるとは言えなかった。「CDは全部実家に持って帰るからだめだけど、貼ってあるグラビアならやる」

ヤスオカはのろのろと首を振って、気弱げに笑った。背の大きいヤスオカに無言で隣に立たれると、こっちまで不安で窮屈な気持ちになり、わたしは早く湯が沸くように願って鍋の底を凝視していた。

「あの人かわいかった」

ヤスオカは、言っている内容の軽さとは対照的に、かすれた声でうつむいて言った。

罰点だらけの答案を親に差し出す子供みたいだった。

「引き合わせることはできんよ」

湯のみに、炒った茶色いトウモロコシの粒を放り込み、お湯を注いでヤスオカに押し付けた。

「知ってる」ヤスオカは深くうなずいて、いったん黙り込んでしばらくお茶を啜り、忘れた頃にまた口を開いた。「何もなかったなあ」

「努力しなきゃ何もないさ。そうだと思い込まなきゃ」

ヤスオカの言う何もないと、わたしの解釈する何もなさは、もしかしたら違う意味だったのかもしれないけれど、わたしの言ったことにヤスオカはうなずいた。

「あんたはいい子だから大丈夫。わたしみたいに計算高さが高じて手も足も出なくなったのとは違う」

わたしがそう言うと、ヤスオカは、ホリガイさんはそんな人じゃないよ、と笑った。京阪線の始発の時刻に間に合うように、ヤスオカは帰っていった。送るよというと、そこまで迷惑は掛けられないとヤスオカは遠慮した。わたしはその言葉に甘えて、角のローソンまで一緒に行ってうちに引き返した。

バイトがなくなると途端にやることがなくなり、その日は夕方まで夢も見ずに眠り込んだ。起きたときに携帯をチェックすると、ヤスオカからのお礼のメールとイノギさんからの着信が入っていた。夕方の薄闇に翳る散らかりたおした部屋で、わたしは未練とでもいうような思いに蝕まれて、起き上がることができずに枕に鼻をくっつけていた。数時間の経過に、ヤスオカのにおいなどというものはとうに消えて、いつもの自分の洗髪剤の香りだけがガーゼのカバーからしみだしていた。孤独なのか幸福なのか見当がつきかねた。

卒論を提出しに久しぶりに学校に行き、近くの洋食屋でオカノと食事をした。それなりに値の張るところだったので、月に一度ほど通った程度の店だったが、もう来ることもないんだろうなと思うと感慨深かった。

結局、一月の上旬はパソコンの前で爪を噛んでいるだけに終始し、実質的な作業時間は一週間だった。そのことを話すと、まあ自分もそんくらい、とオカノは同意した。「もしかしたら、そんな手抜きの卒論でも卒業できそうだってていうのが、うちの大学の就職率が悪い原因なんじゃないだろうか」

オカノは、カレーピラフの上に載った目玉焼きの黄身を潰しながらぼんやりと言った。

「でもとにかく、指はぼろぼろになった。これも努力のうちだよ」

と、さかむけだらけの指先を見せると、オカノは片目を眇《すが》めて頬を歪め、見せるなそんなもん、とあからさまに迷惑そうにスプーンを振った。

「そいや、さっき受付けんとこでよっしぃに会ったんやけどさ、よっしぃは三ヶ月かけて書いて、そんで彼女に三回添削してもらったらしい」

「真面目だねえ」

「そんなことしてるから足元見られて浮気されんのよ」オカノは、もう片方の目をつむって顔をしかめ、店の入り口のほうをスプーンで指した。「ああ、噂をすれば」

吉崎君が一人で入ってくるところだった。きょろきょろと所在なげに店内を見回す吉崎君に向かって、オカノが無言で手を挙げると、すぐに気が付いて手を振ってくれた。

「今日はあの子といないのかな」

「待ち合わせかなんかとちゃうの」

吉崎君は、せいせいした面持ちでこちらにやってきて、ここあいてる？　と会釈した。ヒサマさんは？　とオカノが問いながら荷物をのりると、今日は友達と遊びにいくんやって、と吉崎君は調味料のビンの奥のラックからメニューを取り上げた。あのしっかりしていそうな女の子は、ヒサマさんというらしい。吉崎君のトレーナーには、ダイナソーＪｒのロゴが入っていた。そのことでも話題にしようかと思っていると、吉崎君はドミグラスソースのオムライスを注文し、同じ高校の誰某が誰某と結婚したらしいよ、とオカノに報告した。オカノは失礼にも、なにその予定調和、つまんね、なにそれ、と悪態をついた。話によると、校内でも有名だった、すごく地味だけどすごくいちゃついていたカップルが結婚したんだそうだ。

「もめてなんぼやろう、ああいうのは。刃傷沙汰になってこそやで」

「そうかなあ。いい家庭を作りはると思うけど」

わたしも、その二人をまったく見たこともないくせに、そういう人たちはもめたらとことんなとこまでいきそうでおもしろいよなあ、などと無責任なことを思ったので、この場では吉崎君がいちばん善人ということになる。

それぞれの皿にスプーンを突っ込みあったりしながら、話はそんなふうにとりとめもなく続き、三枚の皿はやがて空になった。話し足りないということもなかったのだけど、皆それなりに気分がよかったのか、思い思いにスープやらデザートやらを注文し、店に居座りつづけた。そういえば、吉崎君と個人的に飯を食うのは初めてだ、ということに気付くと妙に感慨深かった。

オカノがいたせいか、吉崎君は、前に話をしかけた穂峰君のことは口にしなかった。わたしも、河北からの電話のことを話したらいいのかやめておいたほうがいいのか迷っていた。河北からはあれからなんの連絡もなかった。薄情だ、という不平もあったけれど、どちらかというと心配する気持ちが強かった。あの時イノギさんに渡したメモの内容が実は間違っていて、もうすべての悪い結果は出ているということも考えられた。

「カバキから電話があってさ」

二人のうちのどっちかが、何かを知っているかもしれない、と思うと、わたしは、ほとんど無意識にそう切り出していた。わたしの言葉に、オカノは顔を歪めてちっと舌打ちをし、吉崎君は面差しから表情を取り払って鼻で息を吸った。

「あいつの付き合ってる女、あたしの中学んときの連れが働いてる病院に運び込まれたらしいよ。名前、アスミかアケミかよなあ」思った以上の正確な情報が釣れて、わたしは内心驚いたけれども、つとめて顔には出さなかった。オカノはへっと笑って鞄を探り、煙草を取り出して、わたしに喫煙の許可をとるようにライターをかざした。「理由はわからんけど。カバキはそんとき付き添ってなかったって。何日か入院してったけど、運び込まれた次の日に一回見かけただけなんやって。そんでまあ、その様子から、付き合ってんねんなってわかったらしいんやけど、あんまり雰囲気よくなかったんやってさ。そっから別れたんかな。その話したん？　あんたに？」

オカノは、煙草の煙を高く吹き上げて、わたしの顔を覗き込んできた。わたしは、いやまあ、揉めてるらしいはらしい、と曖昧な返事を返して、その傍らで、いちおう救急車はきたのか、そんで河北の電話の内容は嘘じゃなかったんだ、と確認が取れたことに安堵した。

この場では河北の話は歓迎されざる話だったので、それだけで終わった。わたしは、吉崎君に対して埋め合わせをするように、そいや彼女ヒサマさんっていうんだね、美人だね、と取ってつけたように言った。吉崎君は、はじめは力なく笑い返し、けれどすぐに、料理もうまいよ、と自慢げに言った。

テーブルの上にあったものをすべて片付け、それぞれに水を一杯ずつ飲んだ後、わたしとオカノと吉崎君は、誰ともなしに立ち上がり、ささやかな卒論提出の打ち上げをお開きにした。もう一軒行く？ ときくと、オカノは、昨日徹夜したので眠い、悪い、と言いながら学校の裏の自宅に帰っていったので、吉崎君とわたしも帰ることにした。平日の昼間の地下鉄は空いていて、二人で間を空けて座って広いシートを占領した。

はじめは、吉崎君は何も話さずにただそわそわしていたが、三駅ぶん南に下ると、なにか覚悟のようなものができたのか、何度か咳払いをしてわたしのしたかった話をはじめた。

「ホミネの部屋はまだそのまま残ってるんやと。山形とこっちの行き来はなかなかやから整理が全然進んでないのと、死人を出した部屋は借り手がつかんからって、人が住んでなくても人家が貸し出したままにしてるってのと」

吉崎君は、前の座席の網棚の上の、コンタクトレンズの広告を睨みつけながら、抑揚のない声で言った。

「部屋で亡くなったのか」住人がいないまま一年以上もほったらかしにされた部屋は、わたしの想像の中でいたたまれない寒さと寂しさをもって実体化したようだった。その部屋に誰かが入居することはもうこの先二度とないだろうし、けれど取り壊されることもないだろうと思った。「自死だったんだよね」

吉崎君は、無言で重たくうなずいた。

「理由はわからん。そんなもんないんかもしれんと思う」吉崎君は、コンタクトレンズの広告から視線を外し、深くうつむいた。「その前の日の晩、あいつと飲みにいった。いつもといっしょやったゆうたら、おれは自分があほみたいに思える。首吊る前の晩に、人間はいつもと同じでおれるやろうかと思たら、そんなわけないやろうって。なんか違うところがあったやろう」

吉崎君は、声を詰まらせて頭を抱えた。電車が停まり、何人かが乗り込んできた。彼らが、吉崎君の話を妨げないように祈った。ほんの少しだけ、もうこれ以上知っても仕方がない、という思いが首をもたげたけれど、わたしは、ドアが開いて口をつぐんだ吉崎君が、また話し始めてくれるよう切に願った。わたしは穂峰君のことが知りたいのだった。

どうして今になって、他の人から口づてにきくような破目になるのだ、と自分を責めた。もっと早く、もう一度あの人に会いたいんだ、会わせてくれと言い張ればよかった、そんなことをわたしのような人間が言うなんておこがましいだなどと、自分を欺瞞している暇があれば。

「ホミネと最後に話したんは、ホリガイさんのことやった。そんでおれ、ホリガイさんのこと避けてたんや。ホリガイさんの顔見るとホミネのことを思い出す。ホミネのよくない兆候になんも気付けんかった自分のことを思い出す。そやからおれはホリガイさんとは話さんように、顔あわさんようにしてた。そのことは、ホリガイさんも知ってたと思う。すごい申し訳ないって思ってた」ドアが閉まると、吉崎君は、のろのろと顔を挙げて再び話し始めた。「ホミネは、ホリガイさんとまた飲めたらいいなって言ってた。あんまりそういうこと言うやつちゃうのに。結婚してくれって言われたって言ってた。笑ってたよ」

そこまで言って、吉崎君は声を詰まらせた。停車を報せるアナウンスに混じって、かすかな嗚咽がきこえた。二人ともそこで降りなければいけなかったのに、立ち上がることができなかった。

結局、わたしと吉崎君は数駅乗り過ごしてしまった。電車が地下から地上にのぼる景色を見て、吉崎君はやっと乗り過ごしたことに気付き、しきりにあやまってきた。べつにいいよ、と答えると、それでもまたごめんごめんと繰り返した。反対方向の電車に乗り換えて四条駅で降り、阪急電車の改札で別れた。

「ホミネの下宿は二月のあたまぐらいまでにひきあげられる。日にちのことはまだきいてないけど、わかったら連絡するから、おいでよ」

そう言って吉崎君は、手を挙げて階段の向こうに消えていった。

わたしは、ふらふらと新京極のほうに出て、穂峰君と飲んだ居酒屋に一人で入り、入り口で一人で来るような所ではなかったことに気付き、しかし店員にいらっしゃいませと言われてしまったので出そびれて、隅っこの狭い席で肉豆腐をつまみ杏露酒をちびちびやることになった。喋りもせずに一人で飲んだので、いつもより頭がぼうっとしたような気がした。あやうく眠り込みかけたけれど、手元に置いていた携帯が震えたのにびっくりして起きてしまった。イノギさんから、かにをもらったので来週なべでもしにきてください、という内容のメールが入っていた。魚介は苦手なんだけどなあ、と思いながらも、わたしは、行きます行きます、と色よい返事をして、また眠気と覚醒の間を漂い始め、しまいにはテーブルによだれをこいて寝ていた。

一月の最後の日の夜、わたしはイノギさんの下宿でかにすきを食べていた。かにはそんなに好きというわけではないのだけれど、よそのうちでご馳走になっているという緊張感からか、苦手だということを気付かれるほどには気乗りしない顔をせずにすんだ。そこそこおいしかったのだ。イノギさんの味付けとわたしの味覚の相性がよかったのだろう。

穂峰君の話を吉崎君からきいて以来、身体も脳も調子が悪くなってしまったようで、身辺整理もままならないまま、いもむしのように過ごす日々が続いた。その中にあって、イノギさんからのお呼ばれは、少ない楽しみにできることの一つだった。昼間っから布団にくるまって、かわいた頰を枕にこすりつけながら、わたしは、イノギさんの部屋を訪ねるまでの日にちを数えていた。穂峰君のことを考えようとしたけれども、うまく頭が働かなかった。

約束の二時間前から市場に出て、しこたまうどんやらくずきりやらを買いこんでいったのだけど、イノギさんもそういうものは用意していたので、驚くほどの量にふくれあがってしまった炭水化物を、わたしとイノギさんは七時半から夜の十時まで、二時間半をかけてだらだらと片付けた。気が付いたら、一人で豚しゃぶをしながら寝ていたことがある、と打ち明けると、それはわたしもある、とイノギさんは同意した。

イノギさんは、リラックスしきった様子で、あぐらをかいて手酌し、うどんをすすっていた。なんというか、かにすきはおいしかったし、部屋だってきれいにしているのだけど、どうも女の子らしい感じがしなくて、彼女と付き合っていた男の人は、いったいどういう気持ちでいたのだろう、と思った。そんなことを考えていた少しの無言の間の後、イノギさんは、毛がにの甲羅に熱燗を流し込んで飲み始めた。

「豪快だね」

思わずわたしがそんな感想を言うと、イノギさんは、失敬失敬、と言いながら甲羅を傍らに置いたビニール袋に捨てた。

「前に付き合ってた人にそう言われなかった？」

失礼かなと思いつつそう訊くと、イノギさんは首を傾げて目を瞑《つむ》り、うーん、と唸った。イノギさんは結構お酒には強いほうだ、と思っていたが、さすがに少し酔ってきているようだった。

「今は確かに女の子っぽい感じの人と付き合ってるかなあ、なんかこう小鳥のような」酔って当てが外れているのか、遠回しにわたしの問いに答えているのか、イノギさんはもどかしげな手振りをしながら続けた。「そやからなんか、悪いことしたなあ、とは思う」

なにがどう悪いことなのかはわからないけども、イノギさんは深い溜息をついた。わたしはなにか、やっぱり訊いてはいけないことを訊いてしまったのかもしれないな、と思い、時計を見て、帰宅する時刻の算段を始めた。

鍋の中のものがほとんどなくなり、それじゃ帰ります、と言うタイミングを見計らっていると、イノギさんは当然のように鍋にごはんを入れて雑炊を作り始めた。

「今晩は寒くなるんやと」

イノギさんの声音は、低く染み渡るようで、不思議と、わたしの帰ろうという気持ちが削がれていくようだった。わたしは、ならばいただきます、と自分の器に雑炊をよそい、手を合わせた。わたしがそう頼んだわけでもないのに、イノギさんは、わたしの湯飲みの半分ぐらいまで熱燗を注いだ。飲みたい、という気分ではなかったけれど、わたしはそれを飲み干した。

鍋を片付ける頃には、体を動かすのがひどく億劫になっていた。わたしは、申し訳ない申し訳ないと連発しながらこたつにもぐりこんで休み、鷹揚な動作で食い散らかしたものを片付けるイノギさんを目で追うだけだった。

用事を終えたイノギさんは、ゲーム機を出してきてこたつに入り、わたしが飲んだ湯飲みでまた飲み始めた。イノギさんはまた上海をしていたのだけど、今日は牌が消えるスピードが前より遅いように感じた。特にやることもないので画面に見入っていると、瞼の上下がくっつきそうになってきて、そういや自分は帰るとも泊まるとも言ってないなということを思い出し、それを決めることも面倒になってきていることに流されて目をつむった。眠くてたまらない、というわけではなかったけれど、満腹がそれなりに心地よく且つだるく、わたしの思考力やタスクへの意思を削いでいた。

「そいや、あの人はあの後どうなったん？」

イノギさんは画面から目を離さないまま、そう問い掛けてきた。

「あの人ってどの人？」

河北のことかヤスオカのことか判断できずに、目をこすりながら訊き返すと、あのでっかい人、とイノギさんはほんの少しだけ振り返って答えた。

「でかい人は、べつにどうということはないよ。普通に始発で帰ってった。あれ以来会ってないなあ」

わたしは、ヤスオカの振り向きざまの姿を思い出して、ただ、でかかったなあ、という感想を反芻した。

「何のバイトしてたの?」

「日本酒の工場の検品ライン」

「いいなあ」

なにがいいというのか考えあぐねるけれども、イノギさんはとにかくひらたい様子で羨ましがった。

しばらくの間、イノギさんはひたすら牌を消しつづけ、わたしはのそのそと起き上がって座卓に顎をのせてテレビの画面を眺めていた。イノギさんの牌を消すペースは先ほどよりも上がっていて、それがあまりにも速かったので、何か苛立っているような、そわそわしているような印象を受けた。

「でかい人と付き合ってんのかなあと思ってた」牌をすべて消し終わって、次の面に行く途中のグラフィックが表示されている間に、イノギさんは首を回しながら言った。「ホリガイさんもでかいから、外人同士みたいって」

「あのでかいのは、でかいからってでかい女が好きってわけでもないんだよ」わたしは、切り替わった画面の上でまったくカーソルが動いていないのを見とめて、手を組んだ上に頭を伏せた。「他人が要ることは難しい。これから一ヶ月以内にポチョムキンでなくなるのと百メートルを九秒台で走れるようになるのと、どっちが達成できるかっていうと後者のような気がする。陸上やってる人にものすごく失礼なのはわかってるんだけどさ」

わたしの言葉に、イノギさんは乾いた笑い声をたて、ポチョムキンて何？ ときいてきた。わたしは、女の童貞のこと、と答えた。

「そんなに難しいことでもなかったけどね」顔をあげると、イノギさんは牌を消すのを再開していた。再開しているどころか、わたしが顔を伏せている間にもう半分ほどの牌を消してしまっていた。「自分の親でもやったことなんだと思えば」

イノギさんは振り向いて憮然とした顔つきでわたしを見つめてきた。言葉はなかった。わたしはそれを居心地悪く感じて、まあ、ヤスオカとどうにかなれたらラクかな、と思わなかったこともないよ、と言っても言わなくても同じようなぼやけたことを話した。あれは後輩だしね、わたしがかっこ悪くてもがまんするだろう、と続けると、イノギさんは鼻で笑って肩を揺らした。

「まあこのまま地元に帰るわけだけどさ、それはそれでいいんだけどさ」

自分で言っていて、だからなんなんだというような言葉で場つなぎをしていたので、イノギさんはさぞ退屈していただろうなあと思う。そんなつまらない相手に、イノギさんがなんであんなことを言ったのかは今もってよくわからない。たとえばわたしがなにかもの欲しそうな顔をしていたとしても、イノギさんがそれに応える義務はない。

「もうどうせこっちで誰とも出会わんのやったらさ、わたしでええんちゃうかな」

数秒のうちにいろいろ考えたんだけども、どうしても答えはひとつしかないような気がした。イノギさんはわたしの枕もとの切抜きを見ただろうかと思い出して、いや見ていないだろうと一瞬結論し、けれどその確証はないとすぐに不安になった。

当のイノギさんは、自分の提案に対するわたしの回答などどうでもいいように、首を傾けてぼんやりと天井を見上げていた。わたしは考えあぐねて、けれどいったい何がこのように静かに起こっているのか把握しなければ他者の居る場では礼儀を欠くとも思い、それでもまたうつむいて目をつむり考えあぐね、結局成り行きに任せることにした。縁という概念を信じることにした。

「そうかもね」

何がどのようにそうなのかについて、自分の中ではっきりさせることは放棄してしまっていた。イノギさんは、躊躇しているというよりはまったく面倒くさそうにのっそりと立ち上がり、襖が開きっぱなしの隣の部屋に移動して布団を敷き始めた。風呂先に入る？　という問いかけが投げられて、わたしはとりあえず、あとでいい、と答えた。何事も謙譲なのだ。そのように、この期に及んで自分の信条を守れることに心の平安を感じた。

イノギさんが部屋を離れている間、わたしはコントローラーを握って上海の続きをやった。けれどイノギさんはあまりにも先へ進みすぎていたので、わたしが受け持った面はちんぷんかんぷんだった。初めの一組の牌を見つけ出すのに、おそらく三分以上はかかったと思う。頭からバスタオルをだらんと垂らしたイノギさんが、裸でわたしの後ろを横切るまで、わたしが消せた牌はたったの三組だった。これ電源切ってていい？　奥の部屋のほうは見ずにゲーム機を指差して問い掛けると、いいよ、とわずかにかれた声がきこえた。

わたしはいそいそと立ち上がって、自宅でそうするように無造作に服を脱いで風呂に入った。よその下宿での風呂はいつも緊張するのに、ここではどうも違うようだった。しかしくつろいでいるというのともまた違っていて、わたしはほぼ無感覚といった態で機械的に頭や体を洗った。いつもとは違う石鹼だとか、風呂場そのものの匂いだとかにかまって感慨に浸れるような状態ではなかった。腕を覆った泡を洗い流すと、不精にしていた冬場の産毛が目に入って、途端に動悸が早くなった。よそ様の風呂場をあれこれ探し回り、シェーバーを見つけて目に付くところ中を剃りまくった頃には、ずっと座ったままでいたはずなのになぜか息を切らしていた。

風呂場であたふたしている間にどのぐらいの時間が経過したのか、不安にさいなまれながらバスマットの上で身体を拭いていると、電気つけたままでいいよ、という声がきこえた。わたしは、言われたとおりに蛍光灯にかまわず、奥の部屋に入った。イノギさんが無言で布団をめくった。半分閉まった襖の影に、その面差しは隠れていた。

こんな幸福な感覚があるのか、と日本酒の匂いのするイノギさんに口付けて思った。おそるおそる胸にさわると、イノギさんはわたしの頭を撫でてくれた。女の人にこんなふうにしてもらえる男っていいな、と思った。布団と、わたし自身と、襖に光を遮られて、わたしはイノギさんの顔や身体を見ることができなかったけれど、手のひらには肌の滑らかさと同時に清らかな白さを感じた。驚きとも喜びともつかない心持ちが、胃の底から礫《つぶて》のように噴き出し、胸を塞ぐのを感じた。終始息苦しく、探る腕は痺れているようだった。

二人とも、何か気のきいたことを言うでもなかった。そもそも言葉を発することがなかった。その必要がないと二人ともが感じていたのかもしれないし、わたしはただ無我夢中だった。口を開けば自分のことだから言い訳じみたことを言ってしまうかもしれないと考えると、わたしはよけいに口が堅くなった。

どのぐらいの時点が頃合で、なにを達成したら終わりなのかはわからなかったが、お互いの疲弊は空気の湿度や息苦しさでわかった。わたしはいったん布団から出て、湯でタオルを濡らしてイノギさんの身体を拭いた。イノギさんはそのときも何も言わずに、わたしの手つきの促すままに膝を立てたりうつ伏せになったりした。

自分のことも洗ったあと、また布団に入ってしばらくうとうとし、明け方にいったん目がさめた。背中にあたるシーツを暑苦しく感じて、何度も寝相を変えながらイノギさんのほうを見たけども、冷たく青白い窓ごしの明るさにも、その顔はやはりよく見えなかった。隣の部屋の電気はいつのまにか消えていて、かわりに暖房がついていた。わたしは少し考えて、枕もとに放ってあった携帯の側面のボタンを押して弱い光を作り、イノギさんの上にかざした。広がった黒髪と剝き出しの胸が、そしてその面差しが、ムンクの「マドンナ」を思い出させて、わたしは携帯で彼女を照らしながら、自分が本気でそんなことを考えているのを滑稽に思った。わたしはぼんやりと、欲望が理性を手放している限り、イノギさんを眺めていた。とてもきれいだと思った。イノギさんはやがて瞼を痙攣させて、眉を歪め、わたしが携帯をよそにやるより先に目を開けて、それを奪い取った。なにを見てんの、という怒ったような声音で、ねぼけているせいかイノギさんは携帯でわたしのこめかみを殴りつけた。わたしは反動でまたイノギさんの隣に倒れこみ、どつかれるようなことをしたっけ、と後悔しながら頭を押えていた。

痛みが緩くなっていくのを感じながら寝入りかかっていると、起きてんの、というイノギさんの声がきこえた。起きてる、とわたしは答えたけれど、イノギさんはすぐには何も言い出さなかった。

小さい咳払いのようなものが何度かきこえて、秒針の音がやけにはっきり響くような気がしてきた頃合に、イノギさんは口を開いた。女でよかったたん、とイノギさんはあっさりと言った。わたしは少し考えて、比べようがないから、と答えた。イノギさんの押し殺すような笑い声がきこえた。わたしは、自分が現実に喋っているのか、それとも頭の中で話したいことを繰《く》っているのか自分でもわからないような状態で、つらつらとまとまりのない話をする自分の声をきいていた。

ファウンテンズ・オブ・ウェインというバンドが好きなんだけど、二枚目の九曲めに「ヘイ・ジュリー」という曲があって、わたしはそれをよく聴いてて。上司に小突き回されながらくだらない仕事をしている男が彼女に、君がいなければこんなことには耐えられないっていう内容で。わたしはこの男の気持ちがすごくわかるような気がする。ときどき、ぼろぼろに疲れきって帰ってきた時に、背中を撫でてくれるような絵に描いたみたいな女の子がこの世の中にいるのかな、って思う。わたしは、あの男のことがわかるって思うたびに、でも自分には背中を撫でてくれる女の子はいないんだなって思い出すんだよ。じゃあ、わたしはいつかやってけなくなるんじゃないかって。でもそれでもやってくんだろうな結局。そういうもんだと思う。でも、ときどき無性に、そういう子がいたらなって思う。やっていけるとかいけないとかって、そういうのとは関係なしに。

イノギさんは、わたしの戯言《ざれごと》を黙ってきいてくれていた。こういうことを他人に打ち明けたのは初めてだった。言いたいと思ったこともなかった。

話が終わって少しして、わたしは背中を撫でてないよ、とイノギさんは言った。そんな所感しか言えないのもわかるような気がした。わたしの話は支離滅裂で、諦めきっていて、まともな人がきいたら鼻で笑うようなたぐいのものだったんだろうと思う。ゆっくりと身体を裏返す気配のあと、疲れきったホリガイさんも見たことがない、とイノギさんは言葉を重ねた。わたし自身疲れきったことがあるのかどうかよくわからない、と答えると、イノギさんは枕に小さい笑いを吹き込んでいた。

イノギさんの笑い声がやんで、わたしは大きなあくびをした。眠りたいような、でも眠気がたりないような、そんな半端な状態で、わたしはぼんやりと浮かび上がる天井の木目を眺めながらじっとしていた。

今度はイノギさんが話を始めた。イノギさんは、簡潔な、熱のない言葉つきで生い立ちを語った。中学二年の頃に両親が離婚して、自分はおばあちゃんに育てられたのだという。おばあちゃんは和歌山沖の島でロッジをやっていて、夏場はその手伝いをしているので、その時分は船に乗って学校に通ったんだという。おばあちゃんはいくつなの、ときくと、大正十五年の生まれだということは知っているが、計算できない、とイノギさんは答えた。わたしもなぜか、祖母の生まれ年だけは知っていて、イノギさんのおばあちゃんと同じ大正十五年だった。きっと身分証か何かでよく見ていたのだろう。

両親の離婚には、わたしの頭にはげがあんのとかかわりがある、とイノギさんは言った。そういえば、前に理由をきいていたときに河北から電話がかかってきて、話が中断されたのだった。イノギさんはしばらく言葉をとめて、かすれた声で言葉を継いだ。

石で殴られた、角度が悪かったんやろう、そんで毛穴と耳の上んとこが潰れた。

イノギさんがなにを話し始めるのか、そのあたりで覚悟ができたような気がした。イノギさんも、わたしが話をきいたことがあるそんな目に遭った他の子たちと同じように、周辺のことから始めて、遠まわしに断片的に話をすすめた。

後ろから車をぶつけられて、車内に引き上げられた。銀色の車だった。ドアを開けようと暴れると車が停まって、逃げ出そうと脚を引きずると、髪を摑まれて石で頭を殴られた。狭い川沿いの、廃車だらけの空き地でのことだった。

事件の後に両親は離婚した。どちらもが起こったことを、起こったことが解決しないことをもてあまし、娘をもてあました。だからイノギさんはおばあちゃんに預けられ、そこで育てられた。

最後にイノギさんは、前の彼氏は、学科のゼミの先輩で、ほんとに優しい人だった、と付け加えた。けれどこのことを話すと、なにかがゆっくりとうまくいかなくなった。決定的な陥穽などあったわけではないのに、ただうまくいかなくなった。一年と十ヶ月付き合って一度もけんかせずに別れた。自分の女にそんなことがあったと知ったら、触れるのもいやになるという男もいるというから、わたしはまだ恵まれていたと思う、というようなことを言ってイノギさんは話を終わらせた。

わたしは、かける言葉を見つけることができず、そもそも言葉をかけることが正しい態度なのか黙りこくっているほうがいいのかもわからず、そして結局何も言わず、ひたすらまばたきをしていた。ごめん、と言うイノギさんの声がきこえた。わたしは全力で首を振り、自分でもなんで首を振っているのかわからなくなるぐらい振った後に、もういいよ、という曖昧なひとことだけが口をついた。そしてすぐにそんな自分を恥じた。より正確に言うと、自分を恥じることに逃げ込んだ。

布団から抜け出して台所で水を一杯飲み、それでも足りずにトイレに入って便座に座り、尻と腿にはりつくプラスチックの冷たさと皮膚にまとわりつく寒気にがたがたと震えた。わたしはずっとイノギさんを気にしていたのだということを思い出した。わたしはイノギさんのことが好きなのだということを悟った。わたしの脳のメモリでは処理しきれないほどの情報が心に溢れかえり、思考の照明にあたろうと壁を這い上がった。おびただしく。

わたしはなにも振るい落とすことができなかった。なぜ愛は畏れと同じように僕の心には触れないのかと歌った人のことを思い出した。それは逆ではないのかと子供の頃に思った。よその家の便所で裸で震えながら、彼が正しかったことを悟った。

吉崎君から穂峰君の下宿の引き揚げについて連絡があったのは、わたしが実家に帰る前日の、口頭審問の最中のことだった。にしても君、大雑把な内容だね、と教授たちに絞られてあやまりたおしている途中に、ブーンと携帯が唸り余計に場を気まずくしてしまったのだった。よもや落第では、と青くなりつつ、畜生てめえ誰だこんなときにっ、と電源を切っていなかった自分のことは棚に上げてメールを開くと、吉崎君からだった。わたしはすぐに、落第の危機のことを頭の隅に追いやって、穂峰君の下宿のある山の手に向かうバスに乗った。

指定されたバス停のベンチで、吉崎君はマフラーに埋もれていた。声をかけると飛び上がって、我に返ったように、早かったな、と笑った。穂峰君の下宿は、ふるびた五階建てのアパートの最上階だった。真下の部屋のベランダのガラス戸にはひびが入っていて、ダンボールがめばりされている荒れようなのに対して、穂峰君の部屋の窓には半分カーテンがかかっていて、まだ住人がいるような気配を漂わせていた。細い亀裂の這う階段はかび臭く、鉄のドアはどの部屋も塗料がところどころ剝がれ落ちていた。わたしがよほど不安げな顔つきをしていたのか、吉崎君は、古いけど広いのは広い、ここ、よく連れ同士で集まってた、と声を潜めて言った。吉崎君は、今日はデッド・ケネディーズのロゴの入ったパーカーを着ていた。

部屋の内部はすっかり片付いていて、遺品はダンボールに詰められて実家に帰るのを待つだけだった。友達同士で荷造りしたのだという。家族の人がなかなかこっちへこれないから、と吉崎君は少し複雑そうな顔をして笑った。そこには、それでも、こいよ、という無言の非難が微量だけ混ざっていた。まあ、遠いからね、とわたしは、吉崎君の怒りに、申し訳程度の弁を取り付けるようにわかりきったことを言って、積まれたダンボールを叩いた。それにしても少ない荷物だと思った。わたしも、今晩じゅうに部屋にあるものを実家に送らないといけないので荷造りは済ませてきたのだけど、穂峰君の持ち物の五倍の量はあった。何度も挫折しては居眠りし、何年も前のフリーペーパーを読み直してすでに潰れた店をチェックしては、このキャプションは確かに嘘だったとしみじみしたり、入学当初に買ったCDを聴き直して、意外にいいなと思いスリーブのクレジットを凝視してさらに同じプロデューサーのCDを探して聴き返して、こっちはいまいちだなと思ったりしつつで、まる二週間もかかった。誰かに手伝ってもらおうにも、恥ずかしいものが多すぎた。ピカチュウ万歩計の攻略本が三冊も見つかったときは、さすがに人を呼ばなくてよかったと思った。

　吉崎君は、まだガムテープの張られていない、いちばん小さいダンボールをあけてわたしのほうに押し出し、こん中から好きなん持って帰れよ、と蓋の部分を折り曲げて側面にくっつけた。中を覗き込むと、本やCDやDVDが数点、底のほうで無造作な小山を作っていた。いいの、ときくと、実家の人は、半端になったものはなんでも持って帰っていいって言ってたからさ、と少し所在なげに言った。わたしは、「ブルースブラザース2000」のDVDと魚焼きグリル活用料理の本をもらうことにした。吉崎君はダンボールの蓋をもったままじっとしているだけだったので、なにももらわないの、ときくと、おれはあまったの全部もらうよ、と言って笑った。

そんなふうに形見分けは数分で終わってしまい、わたしは早々に穂峰君の部屋にいる理由を見失った。吉崎君が、一服していい？　ときいてきたので、わたしはどうぞとうなずいた。しばらく、吉崎君は、煙草をくわえながら片手で膝を抱えて、わたしはあぐらをかいて、お互いに天井の違うあたりを無言でぼんやり見ていた。

しばらくして、遺書が見つかったんだ、と吉崎君は煙草の火を消し、わたしのほうに向き直って言った。今になってどこで？　と訊き返すと、他のやつがもらったPCの中にあった、ワード打ちの、と吉崎君はべつに言わなくてもいいのにアプリケーションの名前まで出して答えた。おれんちにも、けさメール添付できたんやけど、見る？　ときかれたけども、わたしなんかがそんなのいいのだろうか、というためらいが首をもたげてきて、うん、とは言いづらかった。しばらく黙り込んでいると、吉崎君は、メッセンジャーバッグから無造作に折りたたんだ白い紙を出し、こちらに渡した。

数行の文面だった。ご迷惑をおかけしますというのが定石だろうけど、僕が誰かにとってそれほどの位置を占めていたことは考える限りはなかったなあ、という、いっそ暢気な書き出しが脳裏に焼きつくようだった。

『理由はきかないでください。僕にもわからないので。死んでから後悔するかもしれないとも思ったんですが、すぐに後悔も何もないから死なのだと気付きました。気がかりや、心残りはいくつかあるのですが、焦燥がそれに勝ってしまいました。友達と、今まで付き合った女の子たちに。お世話になりました。本当にありがとう。下の階の翔吾君にもよろしく』

あっさりとした文面が、追い討ちをかけるように現実感を奪ってゆく感じがした。署名もなく、筆跡も勿論なく、これを書いたのが穂峰君であるという保証は一切なかった。そのうち、トイレのドアを開けて穂峰君が出てくるような気もした。

「この翔吾君てのは、ホミネがつかまった時にいっしょにおった子かな」

そう言って吉崎君が首を傾げるので、何もきいてないのかと問うと、このことに関しては詳しくはきいてない、という答えが返ってきた。わたしは、下の階の窓際の不穏な様子を思い出して頭が重くなるのを感じた。ぼんやりとした既視感のもやが、正常な思考を妨げるように脳の隙間に入り込み始めた。それは、今まで見た事象へのものというよりは、わたしの妄想に対する既視感だった。

だからわたしの「翔吾君」に関する提案は、甚だ利己的なものであったとも言える。わたしは、自分の妄想の精度を確認せんがために、彼を利用したのかもしれないとも思う。

穂峰君の部屋の、下の階のベランダを見上げた時のことを思い出しながら、あのダンボールの向こうにあの子がいるような気がしたのだ。未だ行方不明のままのあの子が。まるで啓示のように。穂峰君がわたしをこの機会に引き合わせたのだとでもいうように。穂峰君にはその力があるような気がした。病的な妄想だった。

挨拶にいこうよ、とわたしは言っていた。勿論吉崎君はためらった。わたしは、穂峰君の最後の頼みなんだからさと馴れ馴れしく口説いた。吉崎君は一つ長く唸り、まあ、そりゃなあ、という曖昧なひとことを漏らしながらのろのろ立ち上がった。

何度もインターホンを押したにもかかわらず、住人が出てくることはなかった。吉崎君がドアを叩き、わたしがインターホンを連打しても、中にいるはずの誰かは応えてはくれなかった。わたしは階段を駆け上がって穂峰君の部屋に戻り、ベランダに出て下の階を見下ろし、アパートの周囲の気配を確かめた。今のところは人通りがなく、他の部屋やまわりの家のベランダに人が出ている様子もなかった。わたしは、意を決することすらなく、玄関から持ってきたエンジニアブーツを履いて、まるで昔公園の遊具にのぼったときのような心持ちでベランダの柵を乗り越えていた。吉崎君が、なにしてんねん！　とわめいて駆け寄ってきた。柵の鉄棒をしっかりと握り、腰をかがめて、ベランダの縁にしゃがみこむと、吉崎君は柵の上端を握り締めて、なんでそんなことをするんや、と目を見開いて首を振った。わたしは吉崎君の問いには答えず、脚を一本一本おろし、鉄棒を握る手を片方ずつゆっくりと下げていった。爪先が柵に届き、ベランダの内側へと慎重にすべらせていくと、柵の上側がふくらはぎのあたりに触れるのがわかった。今手を離せば滑り込めるかもしれない、と思うと、急激に指先がかじかむのを感じた。なんでや、なんでや、と問いを繰り返す吉崎君の声がきこえた。

なんでや、なんでそこまでする。その家の子がなにか不幸な状況にあってホミネがかくまってたんはわかる。でもホリガイさんには関係ないことやろう。

吉崎君の言い分はまったく正しいように思えた。自分はへんなことをしているという自覚もあった。けれどもう、そこから上にのぼることはできなかったのだ。物理的にも。後戻りをするということは。

握っていた柵から、両方の手を離した瞬間にも、不思議と後悔はなかった。単に首尾よく四階のベランダに着地することができたからかもしれない。吉崎君がこちらを覗き込んでいるのが見えた。心配という気持ち以上の、ほとんど怒りすら滲んだ形相で、わたしを見下ろしていた。

「穂峰君のことを話さないと」

そう声をかけると、吉崎君は固まってしまった面持ちで首を振った。

ガラス戸を開けようとしたがもちろん閉まっていた。わたしは、ポケットに入っていた携帯を握り締めて、下の方をガラスのひび割れに向かって叩きつけた。みしみしという音をたてて、ひびは放射状に広がり、ガラスに張り巡らされた針金が軋むのがわかった。

ガラスに携帯電話を打ち込みながら、わたしは脳裏に矢継ぎ早にあらわれるとりとめのない事象を感じていた。あの子のこと。あの子のことをテレビで見たときに食べていたほうれん草のおひたし。冷や汗の滲んだ座布団の不愉快な感触。枕の匂い。母親の困ったような顔。穂峰君の笑い顔。河北のこと。河北の正しい箸使い。ヤスオカの大きさの威圧感と、包容するようなやわらかい陰。イノギさんの肌の白さ。コントローラーを握る厳粛な手つき。

彼女のことを思い出したその瞬間に、イノギさんからのメールの着信があったのはまったくの偶然だった。今日は五時からバイトなんだけど、これから一時間だけ会えませんか、という内容だった。わたしは、返す言葉を考えあぐね、結局その場で返信することは諦めた。

ガラス戸の錠のあたりまでひびを広げて、わたしは五階の吉崎君に、針金を切るためのはさみをよこしてくれるよう頼んだ。吉崎君はもはやなんの議論も持ちかけようとはせず、梱包用のビニール紐にくくりつけたはさみを下ろしてきてくれた。手がかじかんできていたので、コートのポケットに入っていた手袋をはめた。ガラスをめくってベランダに落とし、針金を切って、手を突っ込めるぐらいになるまで穴を広げて、もう何年も動いたこともないかのように固いガラス戸の錠を下ろした。白い手袋のいたるところがほどけて血が滲んでいた。痛いとは思わなかった。それよりも痒かった。手を引っ込めて腿にこすりつけると、紺のジーンズに黒ずんだ汚れが刷り込まれていった。

中は真っ暗だった。湿気と悪臭の立ち込める部屋の隅に、汚れた薄手のブランケットが何かを包んで転がっていた。わたしはいったんその横を通り過ぎ、隣の部屋に続く戸を開けようとしたが、向こう側になにかがつかえているのか、どれだけ力をこめて揺さぶっても開く気配はなかった。

家宅侵入というのはどの程度の罪なのだろう、とわたしは思った。やっぱり就職も取り消されちゃうんだろうな、仕方がないかな、とやけに潔くなっていると、ブランケットがもぞもぞと動き、なかから骨ばった子供の手があらわれた。わたしはほとんど無意識のうちにあの子の年を数え、それと照らし合わせてその手が幼すぎることに落胆した。もちろん、あの子のはずはないのだ。けれどガラス戸を壊していたときのわたしは、その行為があの子につながっていると信じていた。痩せて黒ずんだ手があの子のものでないとわかったその瞬間、わたしはそれを疑い、けれどすぐに別の感覚を知った。

穂峰君を近くに感じた。

「翔吾君」わたしは、そう呼びかけながら、ブランケットをゆっくりとめくった。あらわれたのは、落ち窪んだ眼窩に垢を溜め、汚れを顔中にこびりつかせた子供の頭だった。わたしは彼の頭を抱き、冷たい手を握った。「上の階のお兄ちゃんは、最後まで君のことを気にしてたよ」

翔吾君の頭を抱いた左腕の中から、か細い嗚咽がきこえた。

開かなかった戸は、ブーツのかかとで何度か蹴りつけたら簡単に壊れた。コートの袖の中に手を引っ込めて受話器を取り、今度は自分で救急車を呼んだ。玄関のドアを開け放って、わたしはそのまま吉崎君には会わずにアパートを去り、そして次の日の早朝に下宿を引き揚げた。

＊

それから約半年が過ぎた。京都から追っ手がくることもなく、わたしは何事もなかったかのように、新人らしく四角四面に働いていた。職務に対する適性はまだわからない。いろいろなものを見聞きして憔悴したけれど、こういうふうにして自分がのんきに生きてきたこととつりあっていくのだと思うと耐えられるようになる。いやしいかもしれないが、わたしにはなぜか覿面《てきめん》に効く。

あれから下宿に帰ってすぐに、今日は悪かった、卒業式の日に会おうとイノギさんにメールを打った。それに対するイノギさんの返信はなく、卒業式の前日に、大学を休学することにした、もう実家に帰っている、という内容のメールが入ってきた。即座に理由を聞き返すと、理由はいろいろあるけどもね、疲れたのかな、とイノギさんは言葉を濁した。それからもぽつりぽつりと手紙やメールなどで連絡を取り合ってはいるけれども、直接声をきいたことはなかった。就職活動のことで何か思いつめることがあったのだろうか、と心配していたのだが、なんだかこちらからきくようなことでもないような気がして、世間話以上の立ち入ったことはきけなかった。今は地元でバイトをしつつ、おばあちゃんの家業であるロッジを手伝っているのだという。悪くはない、と彼女は言う。大学に戻るの戻らないのという話は、どうしてもこちらからはできずにいる。口頭審問の日に会えなかったことを詫びると、イノギさんは、河北って人の一件いらい、ホリガイさんが常につかまる人だとは思ってなかったから、べつにいい、と書いてよこした。彼女を失望させているとも、それとも単に人に振り回されやすいわたしの性質をよくわかっているだけとも思えた。彼女のことを考え始めると、いくらでも時間が過ぎていくような気がした。本当にそうなんだ、今まであまりこんなことなかったな、とイノギさんに伝えたいと思いながら、わたしはそうせずにいた。メールや手紙で言うようなことでもないし、電話でも言えないだろうし、面と向かってというのもどうかと思った。要するに、伝えられることではなかったのだろう。

ヤスオカは頻繁に連絡をとってきてくれていた。検品のバイトは先月でやめてしまったという。沿線が同じとはいえ、大阪の下宿から京都のバイト先に通うというのは少し無理があったようで、楽しかったんだけど、と未練を残しながらも、今は心斎橋筋のドラッグストアで働いているらしい。

ヤスオカと同じぐらい連絡を取り合っているのは、吉崎君とオカノだった。オカノはまだしも、吉崎君と卒業後もつながりがあるというのは、在学時には思いもよらなかったことだった。話題は主に翔吾君の話だった。彼は今、児童養護施設に引き取られていて、少しずつ元気になりつつあるという。吉崎君と彼女のヒサマさんは、何週間かに一度は彼に面会に行ってくれているんだそうだ。ちょっとずつ信頼してくれるようになってきた、と吉崎君は嬉しそうに話していた。最初は泥棒が入ってきたと思った、殺されると思った、と翔吾君は言っていたという。でもいつかあの人に会いたいって笑ってたよ、と吉崎君は伝えてくれた。わたしはというと、あの時のことについては、不思議と実感が湧かないというか、自分がしたこととは思えないような気がしているので、そんなふうにいわれると、嬉しい反面、なんだか自分ではない人の話をされているような感じがした。本当にご苦労だったのはきっと、その場から逃げるように去ってしまったわたしではなく、事後処理に追われたであろう吉崎君ではないのか、というと、べつにそうでもなかったよ、と吉崎君は肩をすくめた。近所の民家で洗濯物を取り入れていた主婦が、わたしを目撃していたのだけど、彼女が証言していた頃、わたしは新幹線の中で眠りこけていた。吉崎君は、物音は聴いたけども他については知らぬ存ぜぬで押し通して、警察の目をくらませた。

吉崎君がその話をしてくれたのは、河北の結婚式の二次会でのことだった。河北は、六月にアスミちゃんと結婚したのだった。アスミちゃんはその時点で妊娠五ヶ月になっていたが、おなかはさほど目立たず、肩の出たかわいいビスチェのドレスを着こなしていた。手袋は上腕のなかばまでの長さで、手首に傷があるかどうかは結局確認できずじまいだった。わたしやオカノまでもを二次会に呼んだ河北の意図についてはよくわからない。単に何か、河北の中での頭数合わせにちょうどよかったのかもしれない。吉崎君とヒサマさんに至っては、彼女を寝取られた男と過去の浮気相手なわけで、あまりにも無神経なのではないかと異を唱えたい部分もあったのだけど、当の吉崎君とヒサマさんは、わたしやオカノに会えて嬉しいと喜んでくれていた。吉崎君は、形見分けのときに持って帰れなかったＤＶＤや本をわざわざもってきてくれた。ヒサマさんは、わたしの話はときどき吉崎君からきいていた、とわたしに笑いかけてくれた。

胸のすっとするような、穏やかな笑い顔だった。わたしは、どうしても彼女が河北と浮気をしたということが信じられなくて、ぎこちない笑みを返すことしかできなかった。彼女との話の中で、吉崎君がいつも着ている服に入っているロゴのバンドは、すべて彼女の趣味だということが判明した。そのあたりから、わたしは心の底から笑えるようになったと思う。ビンゴゲームでは、前まえからほしかったダッチオーブンをあてた。わたしは、約六キロのダッチオーブンを持って帰るか郵送してもらうか散々迷い、結局手で持って帰ることにした。ダッチオーブンの箱が入った紙袋を引きずりながら、汗だくで自宅の公団の門をくぐる時に、救急車とすれ違った。それは、同居していた祖母と母親を乗せた救急車だった。その夜遅くに祖母は息を引き取った。

イノギさんのおばあちゃんとわたしの祖母が同じ年の生まれだということを思い出したのは、日曜の昼間に、そのダッチオーブンでパンが焼きあがるのを待ちながらうとうとしていた時だった。わたしは、ロボットのようにぎくしゃくと椅子から立ち上がり、預金通帳をあらためにいった。来週は和歌山に行こうと思ったのだ。それだけの残高は充分にあった。

同じ年の生まれのわたしのばあちゃんが死んじゃったのなら、イノギさんのおばあちゃんだって近いうちにそうなってしまう可能性はあるだろうと思ったのだ。それではイノギさんが一人になってしまうのではないかと思ったのだ。彼女を一人にしてはいけないと、わたしはそう思ったのだった。

＊

このまま土砂降りになってフェリーが欠航しやしないかと心配していたのだが、雨足は幸い弱まり、船に乗り込む頃には、すっかり雨はやんでいた。ポケットから切符を出して見せる時に、先ほど見つけた自転車の鍵を出してしまって恥をかいたあと、デッキに移動し、誰もいないベンチを探してそこに座り込んだ。周りは親子連ればかりだった。一人でいるのはわたしだけだった。

さびしいとは思わなかった。島についても、イノギさんが待っていてくれるという保証などないし、彼女は、こっちにきてくれとも、逢いたいとも言わない。わたしは、自分に会いたいと思う人などこの世にいないだろうと思いながら生きてきたし、今もそうだ。空の広いところにいるせいか、わたしは、妙にすっきりした気分でそのことを受け止めていた。

数日前に、イノギさんの携帯の留守番電話とメールに、土曜ぐらいにそちらに行きます、という伝言を入れておいたのだけど、その返信はまだきていない。だからといってそれが引き返す理由にならないのが、自分でも不思議だった。望まれないことに馴れすぎているのかと、自分を勘ぐるほどだった。

クロップドパンツのポケットに手を入れっぱなしでぼんやりしていると、目の前を通りすぎた親子連れの男の子の方が、わたしの手元をあからさまにじいっと見ていった。わたしは、ポケットから錆びた自転車の鍵を見せて、首を傾げてみせた。男の子は、テレビドラマで見かけるような大仰な仕草で肩を竦《すく》めて去っていき、父親と思しき人に、今日はクジャクはいるかとしつこく訊いていた。

わたしは、いったんポケットから出した鍵をしまおうとはせず、右手の親指で錆を剝がしながら、いつも眠る前に思い出す考えに耽った。イノギさんのことだった。肩に頬を預けて目を瞑ると、目を開けているときよりも潮の香りを強く感じた。

ともあれ彼女は生き延びた。三日二晩を雨に打たれ、太陽に渇き、泥に汚れながら、イノギさんは生きて帰ってきた。彼女に会いに行く前に廃車場を訪れて自転車の鍵を探したのは、彼女に起こったことを、彼女の言葉を借りないで反芻できればと思ったからだ。そうすることが、忌々しくも過去の何ものをも変えることができないのはわかっていたけれど、わたし自身が彼女と関わっていく上で必要なことのように思えたからだ。

鍵の先端を眺めながら、彼女の乗っていた自転車を想像しようとしてやめた。無駄なことであるような気もした。赤く錆びて、ところどころメッキの剝がれ落ちている鍵は、中学生の女子が乗るには程遠い、腕カバーのついたママチャリの錠におさまっていたものにも見えるし、補助輪がとれたばかりの十六インチに乗っている子供のポケットから落ちたものであるようにも思える。けれどわたしは、これこそが自分の探していたものであると信じたかった。

彼女の武器はこれだけだった。胃壁が、顔をしかめるように動いたような気がした。あまりに毎晩、彼女の語ったことを思い、想像しているものだから、もう胸の痛みを痛みとも感じなくなっていた。単に自分と同居しているものでしかなくなっていた。

その日、イノギさんは下校の途中に、自転車のタイヤの空気が緩いような気がして、路上で確認していたのだった。重い鞄を入れた不安定な前輪のバランスを崩さないために、鍵は抜いて自転車を検分していた。そうしているところを轢かれたのだ。銀色の車だった。

後ろからぶつけられたあと、彼女は車内に引きずり上げられた。ごめんね、と男は謝ったという。過失を装っているようだったが、わざとであることはすぐにわかった。すぐ病院に連れて行くよ、と言いながら男はのろのろと運転し、彼女に甘ったるい乳酸飲料を与えようとした。警戒していた彼女はもちろん拒み、降ろしてくれと何度も頼んだ。男はそのたびに曖昧な答えを返し、何の故もなく、かわいいねえ、と言ってきた。彼女は身の毛がよだつのを感じ、どうにかしてこの車から降りようと考えた。通学鞄の中に工作用のカッターナイフを持っていることを思い出し、鞄を探して後部座席を振り返ったが、見当たらなかった。鞄を返して、と彼女が言うと、男はやはりのらりくらりと質問をかわし、そのたびに、かわいらしい、とか、お兄ちゃんと言ってみてくれないか、と関係のないことを付け加えた。イノギさんは、少々の犠牲を払ってもいいから、一刻も早くこの気色悪いやり取りから逃げたいと思い、窓を叩いたり、ドアの取っ手を持って揺さぶったり、力の限り暴れた。男に手を上げさえした。ハンドルを奪おうと手を伸ばすと、車は大きくスリップした。イノギさんは、反対側に飛ばされて、窓に頭をぶつけた。

車が止まり、なんとかドアを開けて飛び出そうとしたが、追突された衝撃で足をくじくか骨折するかしたらしく、ほとんど這うようにして車から出た。車の外には男が待ち構えていて、この汚いメスガキが、と手の甲を踏み付けられた。悲鳴をあげると腹を何度も蹴り上げられ、髪の毛をつかまれて廃車場に引っ立てられた。何度も地面に頭を打ち付けられながら、それでもイノギさんは逃げ出す機会を狙っていた。男の手がゆるんだ隙を突いて、脇をすり抜けて逃げようとすると、大きな尖った石で頭の側面を殴られ、イノギさんはついに地面に倒れた。

目に映る世界は朦朧としていた。絶え間ない苦痛が残された意識を覆い尽くし、体をまさぐられるおぞましい感触が反吐を呼んだ。イノギさんは、なんどもえずき、えずくたびに罵られ、後ろ頭を殴られながら、左手で砂を摑み、スカートのポケットに入れていた自転車の鍵を握り締めた。悲鳴はとうに底をついていた。気絶と覚醒のおびただしい繰り返しに、イノギさんは長い時間の経過を知り、ただ早く終わるようにと願った。

体を裏返されようとしたときに、機会は巡ってきた。イノギさんは、握り締めていた砂つぶてを男の顔に向かって投げつけ、怯んだ男の目頭に自転車の鍵を差し込んだ。

男の吼えるようなわめき声が聴こえ、のしかかっていた体が離れるのを感じた。イノギさんは、両手を使い前に進もうとしたが、怒り狂った男は彼女の背中や尻を踏みしだき、下腹を何度も蹴りつけた。このとき、自分は死ぬ、とイノギさんは思ったという。自分はこんなにまで無様に死ぬと、最後に知る感触は吐き気なのだと、そう思うと、涙が溢れてきたという。目の痛みに耐え切れなくなったのか、男は最後にイノギさんの足の間を蹴り付けてその場を去っていった。イノギさんは、車が発車する音とともに、完全に意識を失った。

その後、断続的に覚醒しては、やがて土手に辿り着き、草の露をなめて渇きをしのいだ。夜は冷たくのしかかり、心身は地面にめりこんでいくように重かった。次に目が覚めた時、彼女は子供の集団に囲まれていた。理科の校外学習にきていた小学生たちだった。彼らははじめ、自分の見つけた人型のものを、生きた人間だとは思わなかったようだった。男女を交えた数人の子供が、彼女を取り囲み、生きているのか死んでいるのかと話し合っていた。大人ぶった女の子の声が、「スタンド・バイ・ミー」みたい、と言っていたのが妙に記憶に残っているとイノギさんは思い出していた。混乱し、推測を繰り返す話し声の中、まくれあがったままのスカートと上着が降ろされる感触がした。そうしたと思しき子供は、イノギさんの頭のところにしゃがみこみ、髪の毛を分けて、ティッシュで額を拭き始めた。イノギさんは、その子供の顔を見ようと頭を上げた。動いた！　動いた！　という子供たちが囃し立てる声が聴こえた。

ホリガイさんは、その子が大きくなったような顔をしている、とイノギさんは明け方の闇に向かって話し掛けていた。イノギさんはそのとき中学にはいったばかりで、わたしは彼女より一つ年上なわけだから、同一人物ではありえない。イノギさんの故郷を訪れたこともない。記憶は物心ついたときからずっとしっかりしているし、夢遊病者であったこともない。けれどイノギさんは、わたしを指したのだった。

男は未だ捕まっていない。イノギさんは、あの女の子のことは、わたしの死にたくなるような記憶の延長上にいるというのに、時々すがるように思い出すことがあるのだという。今になって思うのは、あいつが何人組かじゃなくてよかった、あいつがたいした凶器を持っていなくてよかった、ということだ、とイノギさんは言っていた。わたしよりもっとひどい目に遭った子や、いま現在遭っている子がいるって考えたら、わたしは生きてるだけましなんかもしれん、とイノギさんは続けた。そしてわたしは、やっとここへきて、彼女にそんなことを思わせるのは間違いだ、とはっきり思った。

どうしてわたしは、彼女から打ち明けられた時にそのことを言えなかったんだろうと歯噛みした。

そこにいることができなかったことを悔やみ、その巡り合わせを憎んでいた。彼女に起こったことを証明するものを見つけて、わたしはますますその思いを強くした。

いや、これが間違った鍵でも、わたしの辿り着いたあの廃車場が間違った場所でも、それは同じだった。

唇を噛んで顔をあげて、わたしは、船の進行方向とは反対側の陸を見遣った。そこにはただ、ひなびた港の風景があるだけで、目を眇《すが》めるほどの眺めが広がっているわけではなかった。

「クジャクいるかなあ、やっぱし」

島が近付いてきたのか、わたしの手元を見ていた小さい子は、父親とつないでいないほうの手で、船の進む方向を指差しながら、先ほどと同じ質問を繰り返した。

「いるいる」

その父親は、いないかも、どうかな、運がよければな、と適当な答えを返していたくせに、今は大儀そうに頷きながら、リュックからデジカメを出して、子供にポーズをつけさせ始めた。

わたしは、自転車の鍵をやっとポケットになおし、会えなかったらちょっと観光して市内に戻って、銀色の車をできるだけ写そうと思った。デジカメで撮った画像を出力したものを貼り込んだスクラップブックは、四冊目が終わりかけていた。地元でそんなことをしても仕方がないのだろうけど、わたしは、彼女を轢いたという銀色の車を探していた。気の遠くなるような、馬鹿げた作業だと思うけれど、あまりに何度もそのことについて想像したせいで、わたしはその車を知っているようなつもりになっていた。これというものに出会えば指をさせると思っていた。少し頭のおかしい考えだということもわかっていた。けどそれがなんだというのだろう。

彼女の話と合致する年代の男性に会うたびに、目頭を仔細に観察するようにもなった。おかげでわたしは、人の目をよく見て、噛んで含むように喋る礼儀正しい大人でとおっている。

大学を卒業して、もはや自分はイマヤマダどもに殴られっぱなしの子供ではないということを知り、わたしは好きなように片付けるべきことについて考えるようになった。銀色の車と目頭のおかしい男を探し当てて、そしてあの子をいつか見つけ出すんだと。そう思うたびに、どちらも絶望的だと少ない理性が囁くけれども。

そういえば昨日はあの子の誕生日だった。あの子は十八になっていた。青年になりつつあるのだろうか。わたしはそのことに、暗い救いを覚えた。君を侵害する連中は年をとって弱っていくが、君は永遠にそいつらより若い、その調子だ、とわたしの悪辣なまでに無責任な部分が笑った。父親に抱かれてクジャクを見たがっている目の前の男の子は、あの子がいなくなってしまったのと同じ年頃だった。くだらないやつらにつかまっちゃいけないよ、と声をかけたくなり、口を開いたけれども、自分のほうが不審者だと思われるような気がしてやめた。その代わりに、彼の幸運を願うことにした。

イノギさんは、わたしのこういうまとまりのないところに失望したのだと思う。芯がなく、あちらこちらを見遣りながら、手をこまねいていて煮え切らない。まるでアプリケーションをたちあげすぎたOSのように、処理能力が低く、のろまで、結局一つのことも満足にできない。

再び、イノギさんのことや、イノギさんに出会うまでの行程で関わった人たちや、わたしの注意をイノギさんから逸らした人たちのことを思った。皆を懐かしく思った。

けどその中でも、特にあなたがいちばん気になるんだと、これからもずっと気にするし、あなたがわたしのことをすっかり諦めて忘れてしまっても、わたしはあなたのことを気にしているんだろうということを、どうやってイノギさんに伝えようかと思った。

島だ、と誰かが言うのがきこえた。小走りの小さな足音が、わたしの前を通り過ぎていった。携帯が鳴り、わたしは発信者を確かめて、深く一つ呼吸した。

会えるのを楽しみにしてるよ、と彼女は言った。

解説　魂が潰されないために

松浦理英子

　文学作品が人の魂の糧となるというような考え方を、全面的に信じているわけではない。そのような考え方に抗う作品も数多く書かれて来たし、そもそも文学は魂と無縁のところにも成立し得るものだ。しかし一方で、文学の孕むものが読む者の胸の底、魂と呼ぶしかない深みにまで沁み入ることも確かにある。それが文学の本質ではないにせよ、文学という大きな器は魂に及ぼす力を含み持つことも可能なのである。

　津村記久子のデビュー作に当たる本作品「君は永遠にそいつらより若い」は、まさに魂に訴えかける力を備えた小説と言える。二〇〇五年に第二十一回太宰治賞を受賞、ほどなく単行本化されたこの作品を初めて読んだ際の、大きな驚きと喜びを私は忘れることができない。これほど明確な問題意識と倫理観に貫かれていて、しかもその表現方法が生硬でもなければ野暮ったくもなくユーモアに満ち、やわらかな肌触りの下にどくどくと脈打つ血の熱さをも感じさせる小説を読むのは、随分久しぶりだという気がした。

八〇年代以降、中産階級的日常を何気ないふうに描きながら、漠然とした悲しみや寂しさを浮かび上がらせるという恰好の小説が、日本文学において一脈を形成しているのだけれど、津村記久子はあきらかにそれとは違う場所に立つ。問題意識と倫理観を持った津村記久子は、悲しみがあればその原因まできちんと押さえ書き表わそうとするからだ。そこには闘う姿勢がある。身一つで生きている人間の勇気と心意気がある。作者のそういうあり方が、読む者の魂に達する力を生み出しているように思われる。

闘う姿勢と書いたけれども、先ほどちらりと触れた通り、作者の筆致はごくやわらかい。作品の導入部、主人公でもある語り手・堀貝佐世（ホリガイ）が雨の中、ボールペンという間に合わせの道具で廃車置き場の地面を掘り返す、時制の上ではラスト・シーンに直接繫がる短い場面こそ、ただならぬ切迫感が漲っているものの、じきに物語は過去に遡り、卒業間近の大学生の生活を題材とした日常的な場面のゆるやかな叙述が始まる。

これは津村記久子の特徴の一つなのだが、読み始めてかなりの間、いったい何の話が始まったのか、どういう方向に細部が膨らんで行くのか、読む者には見当がつかない。それでも、若い女性のとりとめのないお喋りにも通じる楽しい語り口に乗せられ、また豊富に盛り込まれたエピソードの面白さに引っぱられて、なかなか全体像を予測できないままどんどん読み進むことになる。

しかし、語り口は軽妙でも、主人公ホリガイの洩らすことばには、しばしばひんやりとした認識が交じる。気に入った男にグラビア・アイドルの話を持ち出した動機は、「女としてどうしようもないのなら、せめてそちらの側に立って話ができますよ、といらぬ売込みのようなことをして」しまうのだと説明され、読者に自分が二十二歳で処女だと打ち明けた後は、「処女」ということばへの違和感を語り、「童貞の女」「不良在庫」「劣等品種」等々と次々に言い替える。

こうしたことばを、男にもてない女が劣等感を吐露しているのだと単純にかたづけるべきではない。性体験がないことも悩みの一つには違いないが、それはホリガイの孤独の一部でしかない。「わたしが並外れて不器用なのは（中略）わたしの魂のせいだ」とホリガイは考えている。魂が異質なのだとすれば、人生上の困難は異性関係のみにとどまる道理がない。周囲と普通に仲間づき合いをしてはいても、ホリガイは異性関係以外の人間関係に夢を抱いているわけでもない。作中には「わたしは、自分に会いたいと思う人などこの世にいないだろうと思いながら生きてきたし、今もそうだ」という、この上なく苦い述懐さえ出て来るのだ。

本作品は第一に、そのような孤独な魂の物語である。この魂は、苦悩を綿綿と綴ったりはしないし、世の中や他人に対する恨み言や自己憐憫を吐き散らしもしない。ただ自分がかくあることを宿命として受け入れているように見える。小学生の時、粗暴な同級生の男子二人になすすべもなく袋叩きにされた経験を持つホリガイは、この世にはどんなに努力をしても、何にどう働きかけても、変えられない物事があることを知っているのである。

変えられない、どうにもならない物事の中で、ホリガイが自分の孤独以上に憂えているのは、この世には男性と女性、大人と子供というふうに、力の強い人間と力の弱い人間がいて、力の強い人間の中には平然と力の弱い人間を蹂躙する者がいる、という事実だ。それはレイプや児童虐待というかたちで端的に顕われる。そこまでは行かなくても、作中でホリガイの身に起きたように、男性との言い争いの末に大根サラダや酒を浴びせられることもある。マッチョな男性に威圧され、言いたいことを引っ込めてしまった記憶を持つ女性だって少なからずいるだろう。

こうした身体的な力の差異は、社会がどのように変わってもなくならない、どうしようもない事柄で、私たちはそれに馴れ過ぎているせいか、改めて問題にしようとする人はほとんどいないように思う。ところが、ホリガイは、そして作者・津村記久子は、徹底的にこれにこだわって見せる。孤独な魂の物語が縦糸だとすれば、横糸は弱い者の物語である。縦糸と横糸の織りなす面に浮かび上がるのは、〈世の主流からはずれた者や弱い者はどうやって生きて行けばいいいか〉という前向きな問いかけだ。

問いかけに対してもっともらしい答が提示されるわけではない。ストーリーの上では、ホリガイはもう一つの孤独な魂と出会い手探りの関係を持つのだが、そこに至るまでの迂回ぶりからして、作者は誰もがそういう幸運な出会いに恵まれるとは限らないことを承知しているし、二人がこれからどんなふうに関係を育てて行くのかということに関しても、安直な未来図を描こうとはしない。ただ、津村記久子がここに書き顕わした、決して潰されない魂、鍛えられた魂は、世の孤独な者、弱い者になにがしかの光を与え得ると思う。

本作品を貫く問題意識と倫理観については、もはや多言を要しないだろう。ホリガイが児童福祉司という職業を選んだ理由を思い出してみたい。ホリガイは十八歳の春、テレビ番組で、四歳の時に行方不明となり、犯罪を手伝わされているとか、売春をさせられているとかいった噂もある男の子を知って、児童福祉司となってその子を探し出したいという「妄想じみ」た希望を抱いたのだが、それが妄想であるとしても、何と美しい妄想であることか。その妄想こそが文学なのではないのか、とつい放言したくなるほどだ。

先に触れた通り、本作品が津村記久子のデビュー作なのだが、実は私は、これはどの傑作を最初に書いてしまっては、この先見劣りしない作品を書くのは至難の技になるだろう、と老婆心でもって心配していた。しかし、案ずるまでもなく、二〇〇九年四月現在、津村記久子は、芥川賞受賞作「ポトスライムの舟」の他にも、本作品の姉妹編とも言える「ミュージック・ブレス・ユー!!」や、会社勤めをする女性が同性の連帯を期待して得られない寂しさを主題とする「アレグリアとは仕事はできない」といった秀作を送り出し、その才能を証明し続けている。

それも喜ばしいけれども、やはり何と言っても本作品が、これを必要とするすべての人の手元に届くことを願ってやまない。〈潰れるな〉というメッセージとともに。

（作家）

付録　芥川賞を受賞して（インタビュー）

すごい、すごい、仕事やーっと思いながら書いてきた

――先日、デビュー作の『君は永遠にそいつらより若い』を重版しましたが、あらためて読んでみてどうでしたか？　結局とくに直さずそのまま重版ということになりましたが。

あれはあれで、あの緩さとか細かさでいいなって思ったので。ムックの『太宰治賞2005』から単行本にする段階で、高井有一先生に、ここしょうもないなーって言われたところは切ったんですよ。それでまあいいかなと。

――温水ゆかりさんが「ＰＲ誌ちくま」（二〇〇九年二月号）の書評で、「一作ごとに進化を遂げている」と書かれていましたが、ご自分ではどうですか？　私は進化したなって思います？

うーん。でも、考えるようにはなりましたね、いろいろ。いちばんその基礎になったんが「群像」の最初の三十枚（「花婿のハムラビ法典」、『カソウスキの行方』講談社、収録）です。短編を書いたことがなかったので、すっごいむずかしかったんで。それか

らだいぶ組み立ててやるようにはなったんです。

年に二本長編を書こう、三年はがんばろうと決めていた

——太宰治賞受賞は四年前でしたよね。

そうです。二十七のときです。

——その頃は、というか今もですが、会社に行きながら書いていたんですよね。

年に二本長編を書くって決めて、毎日書いてました。何月何日までに何枚書くとしたら、日割りにして一日に何枚やけど、でも土日を休みたかったら、何枚とか、ずーっと考えて。

——それはいつ頃から？

二十六からです。三年と思ってました。二十九までやろうと思ってて。まあ、みんな三年て言うから私も三年でというだけなんですけどね。

——それで二十七で受賞。早いですよね。応募は何回目だったんですか？

二回目です。最初は「小説すばる」で、それが三次選考まで残って、「1176中の

12番」になったわけです。そのことをたぶんね、私、芥川賞をとったことより誇らしげに話すと思うんですけど（笑）。大学生のときに書いたものを、二十六のときにリライトして出したら、残ったんですよ。このときと、太宰賞の最終選考に残りましたという連絡を筑摩書房さんからもらったときが、作家生活でいちばん嬉しかったことじゃないかと思います。

——いちばんはじめに認められた瞬間ですものね。

そうです、そうです。

——でも「小説すばる」で三次選考まで残ったんだから、太宰賞はけっこう行けるかな、という気分だったでしょう？

いやーそんな気分、なかったですけど。まあ、そんなあかんことはないやろ、みたいな。ただ、一次落ちはふつうにあるやろと思ってました。……私そのあとに、年二本ということは下半期も書いていたわけで、下半期のものを別のところに応募して、一次通過しませんでしたよ。

——え？　ほんとうに？

なんやこれって思って。それが七月くらい。

——はじめて知りました。それって応募したのはいつですか？

太宰賞の最終選考に残った頃ですね。残ったといってもそんな、入賞することもないやろ、ということもあったし。だからやっぱり出しとこ、と思って。

——受賞決定が五月で、授賞式が六月で、そして七月に一次選考に落ちた（笑）。

たぶんそのショックで、なんかなんにも書いてなかったのかもしれません。賞をとってからは、とくに仕事のない時期が続いてて。

仕事が来た！　それもまず「群像」から

——編集者だってまず作品を読まなきゃいけないし、すぐのご連絡はちょっと。

七月八月とかずっと、なんも仕事なくて、頼まれるままに大学のエッセイとか書いていて。で、九月に「群像」がエッセイ書きませんって言ってきはって。うわーうそー、来たー、うそやでーって。「群像」ですからね、講談社の。

——ほかにありません（笑）。

えらいびっくりしました。そこからバタバタ仕事をもらい始めるんですよ。ぜんぶ覚えてるんです。十月に上京して営業旅行に行って……といっても、筑摩書房さんと講談社さんに行くだけなんですけどね。そこで「群像」で短編書きませんかってなった。仕事やーって思って。で、十二月の頭ぐらいに「小説すばる」からインタビューを受けて、そのちょっと後ぐらいに筑摩さんからウェブの連載しませんかって来た。すごいすごい、仕事やーって。それからもうちょっとしてからまた「小説すばる」から小説書きませんかって言われて。もうそれでいいと思ってました。

――それでいいって（笑）。あとから宿題がいっぱい来たってことじゃないですか。

なにをしてたんですかね、その最初の五、六、七、八月は。十二月〆切で二十枚ぐらいの仕事が来てただけやったから、なんの仕事も持っていない頃に長編を書こうって思って。筑摩の担当さんも見せたら邪慳にはせえへんやろ、みたいな。で、二本書いて一本ボツでも落ちこまへんような心構えで考えたんが、『ミュージック・ブレス・ユー!!』（角川書店）なんです、じつを言うと。賞とっていちばん最初に考えたんがあれやったんです。

――あの作品で野間文芸新人賞を受賞。受賞インタビューでも、そう言ってましたよね。でもその頃、デビュー作の本作りがあったはずですが。

ああ、そうそう、ゲラ見てましたね。見てたけど、でもあのときの見方って、ほんとに見てたんですかっていうぐらいの感じやったですしね。ファックスも持ってなかったから、電話でやりとりして。これはどうしますか、これはどうしますか、ってずっと聞かれて、担当さん嫌になってきたんか、ファックス買ったほうがいいと思いますよって言われて（笑）。賞金で。……買いましたよ、ファックス。

——いいですね——初々しくて。

ほんま、なにしてたんやろ。

長編か短編か、純文学かエンターテインメントか

——年に二本長編ということは、短編はまったく?

一回も考えたことがなかったです。だから「群像」から頼まれたとき、本を買いました。阿刀田高さんの『短編小説のレシピ』（集英社新書）。

——泥縄ですね——。

結局読まなかったんですけどね。あとで読みました、書き終わってから。面白かった

です。

――「anan」のインタビューで推薦していた三冊の本は、どれも短編小説集でしたよね（E・クイーンほか『ミニ・ミステリー傑作選』東京創元社、R・A・ラファティ『九百人のお祖母さん』ハヤカワ文庫SF、G・K・チェスタトン『ブラウン神父の童心』創元推理文庫）。読むのは短編がお好きなんですか。

あれは、冬場に、ちょっとした時間に楽に読める本、というコンセプトで選んだので。ほんまに重い長編も好きですし、両方好きです。

――ぜったい長編！と思っていたわけではなく、たまたま短編が頭になかったと。

なかったですね。応募したい賞がエンターテインメントのものが多くて、そうすると基本的に百五十枚とか受け付けていなくて、三百枚以上とかなんですよ。だから長編になってて。松本清張賞なんて六百枚とかでしょ。太宰賞がいちばん中間の枚数なんです。「文學界」は百枚、「群像」は二百五十枚、「小説すばる」は二百枚からで、太宰賞は三百枚まで。

――じゃあ太宰賞を選んでくれたのは枚数の問題なんですね（笑）。

枚数もありますし、なんかその、ちょうど出したいときに太宰賞の〆切が近かったというのがあって、ああ筑摩やと思って出した、というか。いまでも、新人賞の広告見ますよ。ここいいなあ、とか。

――もう応募できないですよ。

ねえ。でもなんかあったらこまるし。さすがにね、ここのところ見なくなりましたが、見なくなったのは去年ぐらいからですよ。仕事いつなくなるかわからへんし。そしたらまた、応募するしかないじゃないですか。新人からやりなおし、かなあと。いろいろと控えてましたよ、リストに。鮎川哲也賞は何枚、とか（笑）。

――最初が「小説すばる」ですし、純文学よりもエンタメのイメージだったんですね。

それこそ、そんな深遠なテーマを持っていないので。エンタメのほうが読むのも好きですし。というか、そういうジャンル分けがあることすら、あんまり考えたことがなかったです。海外文学ばっかり読んでたから。ＳＦかミステリーかみたいなのは分かるんですけど。あと、白水ｕブックスとか読んでました。ああいうのがいったいどういうものかわからんと、ただ小説として読んでたんで。

――文芸雑誌は？

読んでなかったです。途中で終わるしなあと思って。連載は買いつづけんとだめですからね。

――でも「芥川賞」。純文のど真ん中になっちゃいましたね。びっくりですよね。でもまあ、いただく仕事全部が純文というわけではないですからね。純文とエンタメと、だいたい交互ぐらいに来ているんですよ。

――そのことは別に、『ご自分のなかでは矛盾なく？　雑誌によって書くものは変えてるんですか？

ある程度変えますけど、雑誌と言うより、編集者さんによって変えてますね。たとえば「野性時代」の担当さんとかだったら、男の人だから、男の子の話を書いたときに、この人のところで通ったら、まあ大丈夫やろ、そんなに嘘くさいわけでもないやろ、変やったら訂正してくれるやろし、とか。

ちょっと笑える部分は入れたい

――この担当さんだったら、ちょっとエンタメに近いものにしようとか、そんなふうにも考えますか？

いや、それはほぼないような。最近ほんと、なくなりましたね。「カソウスキの行方」

ぐらいから区別しなくなりました。しないほうがいいってなって。

――それはどうしてですか？

「十二月の窓辺」という、「ポトスライムの舟」といっしょに今度、単行本（『ポトスライムの舟』講談社）に収録される「群像」にのせた小説があって、それは私は純文学やと思って書いた小説なんですけど、モラルハラスメントの話なんですけど、あまり受けんかったような気がして（笑）。

――読者に？

いや、担当さんに。その前に書いた「花婿のハムラビ法典」がなんかドタバタした話やったし、そういうので長いのを期待していたら、なんか暗ーい話が来た、みたいな感じがあって。

――でもご自分では別に、「十二月の窓辺」は暗くてあまりうまくいかなかったな、と思ったわけじゃないんでしょう。

暗いなあとはちょっと思ってましたけど。どうかなあ、失敗作だとは思わなかったけれど、好かれたいなあとは思ったんですよ。

――せっかくなら楽しんでもらいたいと。

まあべつに楽しくない小説もありますけどね、『アレグリアとは仕事はできない』に入れた「地下鉄の叙事詩」みたいな。

――あれ、面白かったじゃないですか。

二番目の人とか、だいぶ変なこと言いますからね。

――べつに、コミカルなだけが面白いということじゃありませんから。

まあねえ。ただ、ちょっと笑える部分を入れたほうがいいなあ、というのはありますね。そのほうが話としてのバランスがとれる、というのもありますし。

進化してる？

――津村さんは、すこし引いた視線で書かれるから、そこから面白さが出てくるんじゃないですかね。入り込んじゃった、狭いところだけで描かれると、ものすごくシリアスになってしまうから。

ものすごく入り込んだモラハラのしんどさ、みたいなものがあったから、まあ、入り込んだしんどさでいいんですけどね。なんかやっぱり書いとかなあかん小説ではあったんですよ、「十二月の窓辺」は。いちばん怨念のあるものとして、最初の会社はあったので。

——なるほど。でもそれを経て、今はちょっと楽しいところがある小説がいいかな、というところに来た。

そういうことです。

——やっぱり、進化してるじゃないですか。

進化というか。なんていうか、商売……セールストークを覚えた、みたいな感じですよ。どっちかと言うと。

——書くということが、ただ自分の作業であるだけじゃなくて、読んでくれる相手がいるんだ、ということですよね。

そうですね。それは思いますね。

——プロというのはそういうものだ、と。

ねえ。そうだったらいいんですけどねえ（笑）。

（二〇〇九年二月十二日　筑摩書房ＨＰに掲載）

本書は二〇〇五年十一月、筑摩書房より刊行されました。
本作品は第二十一回太宰治賞受賞作「マンイーター」を改題したものです。

ちくま文庫

君《きみ》は永遠《えいえん》にそいつらより若《わか》い

二〇〇九年五月十日　第一刷発行
二〇二五年九月五日　第十三刷発行

著　者　津村記久子（つむら・きくこ）

発行者　増田健史
発行所　株式会社　筑摩書房
東京都台東区蔵前二―五―三　〒一一一―八七五五
電話番号　〇三―五六八七―二六〇一（代表）
装幀者　安野光雅
印刷所　株式会社精興社
製本所　株式会社積信堂

ISBN978-4-480-42612-3 C0193